लेखक की
प्रेमिका

मोहन लाल मिश्र "धीरज"

टू साइन

प्रकाशक : ट्रू साइन पब्लिशिंग हाउस
पता : SY.N0.21/2 & 21/3, सोननहल्ली,
कृष्णराजपुरा, बेंगलुरु, कर्नाटक - 560049 भारत
ईमेल : truesignbooks@gmail.com
वेबसाइट : www.truesign.in

लेखक की प्रेमिका

लेखक: मोहन लाल मिश्र "धीरज"

ISBN: 978-93-5584-747-8

संस्करण: 2022

'लेखक की प्रेमिका'

उपन्यास

अठ्ठावन वसंत ऋतुओं की साक्षी

कीर्तिशेष

परम प्रिय मेरी धर्मपत्नी

श्रीमती राधे रानी मिश्रा

को

सप्रेम भेंट समर्पित

मोहनलाल मिश्र 'धीरज'

सब कुछ है पास मेरे
बस तुम्हारे सिवाय
तुम्हारी यादों की बरात
लिये चलता हूँ।
दिन भर मुस्काता हंसता
पर रात भर अकेले रोता हूँ।
चंदा से पता तुम्हारा पूंछा करता हूँ।

शुभाशंसा

श्री मोहन लाल मिश्र 'धीरज' हिन्दी के वरिष्ठ रचनाकार हैं। हिन्दी की समस्त विधाओं में उन्होंने प्रशस्त लेखन किया है। कविता, प्रबन्धकाव्य, नाटक, कहानी, उपन्यास और उपन्यासिका के साथ ही उनका वैचारिक लेखन भी महत्त्वपूर्ण है। उनके लेखन का मुख्य क्षेत्र भारतीय संस्कृति एवं दर्शन है। अपने उपन्यासों और नाटकों के माध्यम से उन्होंने अपने सामाजिक चिन्तन को प्रस्तुत किया हैं। 'धीरज' जी जहाँ भारतीय दर्शन के विद्वान विश्लेषक हैं, वहीं उनकी दृष्टि वैश्विक है। वे सर्वधर्मभाव में विश्वास रखते हुए भी अपनी रचनाओं के केन्द्र में मनुष्य को रखते हैं। मानव और मानवता की इस परिकल्पना में वे भारतीय मानव को अधिक महत्त्व देते हैं। इतिहास और धर्म के प्रति वे एक नयी दृष्टि देते हैं, तथा केवल पुरातनता के प्रति समर्पित न रहकर से वर्तमान के सन्दर्भ में व्याख्यायित करते हैं

उनकी प्रस्तुत कृति 'लेखक की प्रेमिका' एक उपन्यासिका है, जिसके माध्यम से रचनाकार ने युद्ध की विभीषिका से विश्व को बचाने का संदेश दिया है। अणु आयुधों और प्राकृतिक जगत के क्षरण के कारण आज विश्व पर ही नहीं, मनुष्य के अस्तित्व पर संकट है। क्या इससे बचा जा सकता है। पौराणिक प्रतीकों को नया नाम और नया सन्दर्भ देकर, लेखक ने अतीत को वर्तमान में प्रस्तुत किया है। कहानी छोटी है पर उसमें अनेक उपोद्घात और मोड़ हैं। धीरज की मान्यता है कि साहित्यकार ही वह शक्ति है, जो मानवता पर आये इस संकट से रक्षा कर सकता है। 'लेखक की प्रेमिका' एक प्रतीकात्मक उपन्यास है जिसमे विचारों का संघर्ष, द्वन्द , टकराव, पीड़ा और मानव-चरित्र के अनेक आयाम मिलते हैं। मेरा विश्वास है कि उनकी अन्य कृतियों की तरह इस कृति को भी समादर मिलेगा।

दिनांक 1 जून 2022

-डॉ लक्ष्मीकान्त पाण्डेय
प्रधान संपादक
नव निकष
मासिक पत्रिका

मेरी समझ में उपन्यास "लेखक की प्रेमिका"

प्रतिष्ठित कवि, साहित्यकार श्री मोहन लाल मिश्र धीरज एडवोकेट की नवीन कृति "लेखक की प्रेमिका" को पढ़ने का मौका मिला। मुझे लगा कि यह उपन्यास साधारण तौर पर किसी प्रेम कहानी का व्याख्यान होगा लेकिन यह असाधारण उपन्यास है। इसके सारे पात्र किसी रहस्यमयी शक्ति या दूसरे शब्दों में कहें तो ईश्वर के अधीन अपने समस्त सत्कर्म और अपकर्म को पूर्ण करते हैं जिसमें प्रेम ही वह सबसे बलवान कारक है जिसे भोग करने की अमिट प्रत्याशा रहती है। जिस प्रकार संसार के नियंता ने दो प्रकार के मनुष्य बनाये, एक मानवीय गुणों का प्रेरक दूसरा मानवीय अवगुणों का प्रस्फुटन करने वाला बनाया और विभिन्न प्रकार के लाभ, हानि पहुंचाने वाले जीव-जंतु बनाये, संसार को गतिमान करने वाले व नष्ट करने वाले प्राकृतिक घटक बनाये। यही नहीं संसार की संपूर्ण रचनाएं बड़े जतन से गढ़ीं चाहे वे अच्छी हों या बुरी, सभी को प्रेम करता है और उसके अस्तित्व को बनाये रखना चाहता है। उसी तरह इस कल्पना के चितेरे रचनाकार के समस्त अच्छे-बुरे पात्र उसके अपने हैं, वह इन्हे प्यार करता है। रचनाकार अपनी मनोवृति के माध्यम से यह समझाने का प्रयत्न करता है कि मनुष्य अच्छाई और बुराई का सम्मिश्रण तन है। जिसने कर्तव्य विहीन बुरे कर्म किये उसने तन की प्यास मिटाई और इसे प्रेम कहा। जिसने सदमार्ग पर चल कर तन व मन का सुख भोग किया वह भी इसे प्रेम कहता है। इसी तरह के अनेक मानव सापेक्ष और मानव परे काम करने वाले इंसान प्रेम या मनुष्य के अस्तित्व की परिभाषा गढ़ते नजर आते हैं, मगर नियंता या इस कृति का रचनाकार सृजन की परिभाषा को मानवीय गुणों को प्रमुखता देता है उसके साथ न्याय करता है। लेखक की प्रेमिका वस्तुत: उसकी न्याय की दृष्टि है जिसमें संपूर्ण जगत के कल्याण की कामना है और इसके लिए सह अस्तित्व, समानता, प्रेम के माध्यम से अच्छे-बुरे सभी के वजूद को बचाना मंतव्य है। यह एक उत्कृष्ट रचना है जिसमें प्राचीन महाकाव्यों रामायण और महाभारत के चरित्रों का उल्लेख कर अच्छाई और बुराई के बीच के द्वंद, फल का वर्णन करते हुए वर्तमान समाज के विभिन्न प्रकार के व्यक्तियों के आपसी संबंधों, संघर्षों, स्नेह भावनाओं की सुंदर व रोचक कहानी प्रस्तुत करती है। उपन्यासकार श्री मोहन जी हर दिल को मोह लेने की जो कूवत रखते हैं वह मोहपाश उनकी इस रचना में समावेशित है।

-चंद्रशेखर
चेयरमेन I.S.M.P
Integrate Society of Media Professionals,
C-60 Nehru Vihar, Kalyanpur Lucknow 226022 (U.P)
16 दिसंबर 2022
Mob: +917238946853

मेरी दृष्टि में...

सतत सृजनशील वय से वृद्ध, किन्तु मन से युवा रचनाकार/लेखक श्री मोहन लाल मिश्र 'धीरज' द्वारा लिखित उपन्यास 'लेखक की प्रेमिका' सर्वे भवन्तु सुखिन: व वसुधैव कुटुम्बक की अवधरणा से उपजा लोकहित में समर्पित है। साहित्यिक चिन्तना व भावभूमि के आधार पर साहित्य की मूलभूत कसौटी "सर्वहित/सर्वमाँगल्य' के आधार पर यह उपन्यास खरा उतरता है।

लेखक श्री धीरज स्वयं लिखते हैं कि "इस उपन्यास का लक्ष्य विश्व की वैचारिक सोच सकारात्मक हो और आपस में मैत्री भाव स्थापित हो।" आज के वैश्विक परिदृश्य के परिप्रेक्ष्य में प्रस्तुत उपन्यास अति प्रासंगिक है। जहाँ एक ओर वैश्विक फलक की चिन्तना में श्री धीरज लिखते हैं "हम तीसरे महायुद्ध की सम्भावना को विश्व-बंधुत्व की भावना से रोक सकते हैं।" वहीं सत्तासीन राजनायकों को उनके कर्तव्यबोध की ओर संकेत कराते हुए रामराज्य की परिभाषा का सारांश एक वाक्य में श्री धीरज शब्दायित करते हैं। "रामराज्य का अर्थ है- जनता की भावनाओं का आदर करना।"

प्रस्तुत उपन्यास को आप पढ़ना प्रारम्भ करेंगे, तो उसे पढ़ने और समझने की जिज्ञासा बलवती होती चली जाएगी। धीरज जी की विशेषता है कि वे न केवल अपने आस-पास के परिवेश पर पैनी दृष्टि रखते हैं, बल्कि उनकी दृष्टि चतुर्दिक रहती है और उसे वे उदात्त रूप में अपने साहित्य के माध्यम से लोकहितार्थ प्रस्तुत करते हैं। जिस जिजीविषा के साथ धीरज जी लिखते हैं, उसी जिजीविषा के साथ वे वर्ष में कतिपय कार्यक्रमों का आयोजन भी करते हैं। ईश्वर से अभ्यर्थना है कि वे स्वस्थ सानन्द रहते हुए दीर्घायु को प्राप्त करें और अपनी साहित्यिक साधना के अवदान से सकल समाज को लाभान्वित करते रहें।

अन्त में,

"धन्य है लेखनी धीरज की, धीरज बँधाते हैं।
सर्वहित साधना में नई-नई कृति रचाते हैं।"
जय भारत! जय भारती!! जय शब्दगंगा!!!

-डॉ0 विनय शंकर दीक्षित 'आशु',
शासकीय अधिवक्ता - फौज
राष्ट्रीय कवि/राष्ट्रीय अध्यक्ष-शब्दगंगा,
उन्नाव 209801
चलभाष: 9450056934

मेरी कलम से

हिंदी साहित्य जगत मे अनेकानेक साहित्यकारो ने विभिन्न विधाओं में समाज के विविध सोपानो का अपने अपने ढंग से चित्रण किया है उन्ही साहित्यकारों में 'श्री मोहन लाल मिश्र' का नाम बड़े आदर के साथ लिया जाता है। श्री मिश्र जी कविता कामिनी के उपासक के साथ- साथ एक सफल कथाकार, नाटककार, और उपन्यास्कार भी है उनके लिखें साहित्य मे जहाँ एक ओर जीवन दर्शन देखने को मिलता है वही दूसरी ओर समाज के विभिन्न स्वरुप और प्रेम के संजीदगी का रूप परलक्षित होता है। मनुष्य के जीवन का आधार प्रेम है प्रेम वासना से परे आत्मचिंतन का केंद्र है।

'लेखक की प्रेमिका' उपन्यास में लेखक ने प्रेम के विविध रूपों का जिस संजीदगी से वर्णन किया वह अकल्पनीय है। इसमें सीमाओं के बंधन से ऊपर उठकर चित्त की सभी अवस्थाओं का वर्णन किया गया है जिसे सामान्य व्यक्ति की दृष्टिकोण से नहीं देखा जा सकता है। प्रेम वर्ग विशेष, देश विशेष, काल विशेष, तथा समय विशेष की धारा में प्रवाहित होता है।

लेखक का चिंतन वास्तव में मानव के हृदय की गहराई को लांघने में सक्षम है।

यह उपन्यास अपने आप में बेजोड़ है। आदि-अनादि शक्ति के प्रेम की पराकाष्ठा है। मूलत: प्रेम को शारीरिक प्रेम की अपेक्षा आत्मिक प्रेम को महत्त्व दिया गया है, जो वास्तव मे यथार्थ है। लेखक का यह उपन्यास वर्तमान परिस्थिति में अति प्रासंगिक दिखाई पड़ता है। मैं श्री मिश्र जी को इस उपन्यास के लिये शुभकामनायें प्रदान करता हूं यह उपन्यास आजके सुधी साधकों के लिए प्रेरणा का केंद्र बिंदु साबित होगा।

दिनांक 25 दिसम्बर 2022 **-डॉ विजय कुमार पाण्डेय (कवि एवं लेखक)**

F/128 पनकी कानपुर

अभिमतः नये युग की सीता

आदरणीय मोहनलाल मिश्र 'धीरज' के उपन्यास 'लेखक की प्रेमिका' की पांडुलिपि पी. डी. एफ. फाइल के रूप में मेरे पामने पड़ी है। तेईस दिसंबर 2022 को बहुत स्नेहपूर्वक ईमेल द्वारा पी. डी. एफ. मुझे भिजवायी, परंतु प्रमोदवश मैं उसे पढ़ न सका। एक-दो बार उनके फोन भी आये कि क्या उपन्यास पढ़ा। अंतत: कल मैंने उपन्यास खोला था। पढ़कर अचंभित हो गया। श्री मोहनलाल मिश्र जी उन्नाव के वयोवृद्ध साहित्यकार हैं, अत: रचना का कुछ स्तर होना तो स्वाभाविक है, परंतु यह उपन्यास इतना अच्छा होगा, इसकी मुझे आशा न थी। बरबस याद आया कि कलाकार जब बुढ़ा होता है, तब उसकी कला जवान होती है।

प्रस्तुत उपन्यास नायिका केंद्रित है। वही लेखक की प्रेमिका प्रतीत होती है, यद्यपि उपन्यास में कोई प्रेमकथा नहीं है। यह उपन्यास तो कर्तव्यों के निर्वहन का आदर्श हमारे सामने रखता है। नायिका सीता शैशवावस्था में ही एक अजनबी महिला द्वारा जनक पाण्डेय को पौंप दी गयी। जनक पाण्डेय को उसके माँ-बाप के बारे में कुछ पता न चला तब भी उसने अपनी औरस पुत्री की भांति सीता का पालन किया। लेखक ने बड़ी कुशलतापूर्वक पात्रों का नाम सीता और जनक रखा है। इस तरह वह पाठकों का ध्यान त्रेता युग के जनक के उदात्त चरित्र की ओर भी खींचता है। आज सारा संसार जनक को सीता के पिता के रूप में जानता है, परंतु जनक, सीता के पालनकर्ता पिता मात्र थे, जन्मदाता नहीं। इक्कीसवीं सदी के जनक पाण्डेय के चरित्र को भी आदर्श रूप में प्रस्तुत कर श्री धीरज ने संदेश दिया है कि मात्र जन्म देने से कोई पिता नहीं हो जाता, अपितु आदर्श पिता तो वह है जो विद्या और संस्कार प्रदान कर संतान को स्वावलंबी बनाता है।

उपन्यास की कई घटनायें मन को छू जाती हैं। महज घटनायें नहीं हैं वे, अपितु दिग्दर्शिका हैं। मसलन सीता द्वारा गुंडों की पिटाई, जनक द्वारा मंगला के सौंदर्य को देखकर भी स्वयं पर

नियंत्रण और अनजान जी का त्याग। अंततः जनक पाण्डेय ने सन्यास लिया, सीता का धर्म भाई आर्मी अफसर बना। इस तरह उपन्याय का सुखांत होता है।

मेरे विचार से यह एक सफल उपन्यास है, क्योंकि इसकी कथा में प्रवाह है प्रख्यात आलोचक डॉ. नामवर सिंह मानते हैं कि कविता में लय का जो स्थान है, वही स्थान कहानी में कहानीपन का है। कहानीपन की दृष्टि से यह उपन्यास काफी रोचक है, यद्यपि कहीं - कहीं लेखक का दार्शनिक मंथन अस्थायी अवरोध की भी स्थिति लाता है। यह स्थिति सुधी पाठकों के लिए बोनस के समान है। लेखक की विवेचना उसके उत्कृष्ट विचार मंथन की परिचायक है। मसलन लेखक की इन पंक्तियों को देखिये –

“उपन्यास की सीता और त्रेता युग की सीता में

अंतर है कि एक सीता मर्यादित सभी बड़े

बुजुर्गों का आदर करती है और यह सीता

स्वतंत्र है और जो ठीक समय के अनुसार

लगता वही करती है, वह किसी से आदेशित नहीं होती है।

यही उसके जीवन का प्रवेश द्वार है। वह चक्रव्यूह में जाना भी जानती है और निकलना भी जानती है।”

इस उपन्यास को मैंने अपने मन और चक्षुओं के द्वारा बारंबार छुआ है। अब हाथों से इसे स्पर्श करने की इच्छा बलवती हो गयी है। प्रिंटेड पुस्तक को पढ़ने और सीने से लगाने में जो आनंद है, वह आनंद इलेक्ट्रानिक माध्यम द्वारा नहीं प्राप्त होता है। आशा है कि प्रकाशक इसे पुस्तकाकार में शीघ्र प्रकाशित करेगा और साथ ही टंकण की अशुद्धियाँ भी हटा देगा। पुस्तक की सफलता के लिए मैं माता सीता से प्रार्थना करता हूँ।

“जनकसुता जग जननि जानकी। अतिशय प्रिय करुणा निधान की।”

“उद्भवास्थिति संहारकारिणीं क्लेशहारिणीम् ।

सर्वश्रेयस्करी सीतां नतोहुहं रामवल्लभाम् ।”

(तुलसीकृत रामचरित मानस से)

जय भारत ! वंदे मातरम्

-प्रोफेसर उदय शंकर दीक्षित,

IIT गौहाटी

धीरज जी एक व्यक्तित्व

- डॉ. एम. ए. बेग 'राही'

आज मैं एक ऐसे महान् साहित्यकार के विषय में अपनी लेखनी चलाने जा रहा हूँ जो एक पर्वत है और मैं एक कंकड़ी। जो चन्द्रमा तथा सूर्य की भाँति किसी परिचय के मोहताज नहीं। जब कि मैं जानता हूँ कि इस विख्यात व्यक्तित्व की विशेषताएँ लिखने में मेरी कलम की रोशनाई समाप्त हो जायगी फिर मी मैं उनकी सम्पूर्ण विशेषतायें नहीं लिख सकूँगा। वह व्यक्तित्व हैं मोहन लाल मिश्र धीरज! एक विख्यात साहित्यकार, उपन्यास, कविता, नाटक लेखन, मंचन के हिन्दी, अंग्रेज़ी दोनों भाषाओं के माहिर साहित्यकार तथा वरिष्ठ अधिवक्ता हैं यह धीरज जी ।

उन्नाव के साहित्यिक माहौल की मेहरबानी से कुछ शब्द हमें मिले हैं जिन्हें 'धीरज' जी की निरंतर साहित्य साधना जिसमें आध्यात्म की झलक भी पायी जाती है। जिनके विषय में कुछ लिखपाना मेरी लेखनी की शक्ति से परे है । किन्तु फिर भी प्रयास कर रहा हूँ कि अपने टूटे-फूटे शब्दों में एक महान साहित्यकार मोहन लाल मिश्र धीरज के विषय में कुछ लिख सकूँ ।

क्या-क्या लिखूँ मैं आपके विषय में ऐ 'धीरज',
साहित्य का सिरमौर बनाया है। ईश्वर ने आपको।

धार्मिक हृदय, फिलासफ़र का मस्तिष्क, साहित्य का समुद्र, रंगमंच के नायक, काव्य सरसता, उपन्यासों में प्रेम, आध्यात्म, सांसारिकता, सामाजिकता, समाज में फैली कुरीतियों तथा अंधविश्वास को उजागर करना, धर्म को आय का साधन बनाने वालों का पर्दाफाश करना तथा वरिष्ठ अधिवक्ता के रूप में ईमानदारी से अपने पेशे का निर्वाह करने वाले का ही नाम मोहन लाल मिश्र 'धीरज' है । जिनकी मृदुवाणी में सम्मोहन तथा आकर्षण है कि आप से मिलने वाला व्यक्ति आप का भक्त हो जाता है। आप के नाम के साथ जुड़े उपनाम 'धीरज' का आप की जीवन शैली पर पूरा प्रभाव है। धैर्य आपके जीवन का विशेष लक्षण है। शान्त स्वभाव आप को विशेषता है।

"लेखक की प्रेमिका" उपन्यास 'धीरज' जी के लेखन की विशेष उपलब्धि है। लेखक द्वारा इस उपन्यास में सामाजिक जीवन की अधिकांश वस्तुओं को पिरोने का प्रयास किया गया है। लेखक द्वारा 'ओशो' की पुस्तक 'संभोग से समाधि तक' का जो उल्लेख किया गया है उससे

सिद्ध होता है कि लेखक द्वारा मनुष्य के जीवन के इस विशेष भाग पर भी ध्यान दिया गया है तथा गूढ़ अध्ययन है, जो वास्तव में जीवन की प्राकृतिक आवश्यकता है तथा आवश्यक भाग है। उपन्यास में इस्तेमाल की गयी भाषा शैली स्तरीय, रोचक तथा प्रत्येक जनमानस के आसानी से समझ में आने वाली है। भाषा में किलिष्टता तथा रुरखा पन नहीं है। उपन्यास पढ़ना जब पाठक प्रारम्भ करता है तो वह उसे बीच में ब्रेक न देकर इस जिज्ञासा के साथ पढ़ता चला जाता है कि अब आगे क्या होने वाला है। उपन्यास तथा कहानी लेखन की यही विशेषता है, कि पाठक पढ़ना प्रारम्भ करे तो रचना को पूरा पढ़े बीच में बिना रुके। यह विशेषता 'धीरज' जी के लेखन में भरपूर पायी जाती है। आपके उपन्यास, कहानी अथवा कविता जब पाठक पढ़ना प्रारम्भ करता है तो बिना पूरी पढ़े, बिना समाप्त किये रुकता नहीं। आप की लेखन शैली में फ्लो है, रवानी है। धारा प्रवाह लेखन पाठक को स्वयं बीच में रुकने नहीं देता, बिना रंचना पाठन पूर्ण किये।

लेखन की धार्मिक तथा सामाजिक गुत्थियों को इंगित करने तथा सुलझाने में निपुणता प्राप्त है। 'धीरज' जी उच्च कुल के होने के साथ वरिष्ठ- अधिवक्ता भी हैं, किन्तु वह हृदय, मन, मस्तिष्क से एक विख्यात ऐसे साहित्यकार हैं, जो धर्म जाति, वर्ण, समुदाय से ऊपर उठ कर साहित्य लेखन करते हैं। समाज के दबे कुचले लोगों का दर्द तथा उच्चकुल के लोगों द्वारा किये जाने वाले अन्याय तथा अपने वर्चस्व के दबदबे का नाजायज फायदा उठाने वाले लोगों का विरोध लेखक की विशेषता है। श्रेष्ठ कुल में जन्मे धीरज जी पूर्ण रूप से धार्मिक आध्यात्मिक होने के बावजूद सभी धर्मों का आदर व सम्मान करते हैं तथा जानकारी भी रखते हैं।

'धीरज' जी अनगिनत प्रकाशित उपन्यासों कहानी संग्रह, नाटक, काव्य ग्रन्थों, आलेखों के महान तथा विख्यात लेखक होने के बावजूद अलन्त सरल स्वभाव, मृदुभाषी, सहयोगी स्वभाव के कारण सर्व प्रिय हैं! आपकी पुस्तक 'लेखक की प्रेमिका' मानव समाज के लिये ज्ञान वर्धक होने के साथ जीवन दर्शन को दर्शाती है। आपका लेखन नई पीढ़ी को नई दिशा देने वाला है तथा मानव समाज का मार्ग दर्शन करता है। धीरज जी द्वारा लिखे उपन्यास का मैं मन की गहराइयों से स्वागत करता हूँ उनकी उज्ज्वल, निर्विकार निरंतर साहित्य साधना सफलता की कामना करता हूँ। वह यशस्वी, दीर्घायु हो तथा समाजोपयोगी लेखन प्रदान कर समाज पर छाये अंधकार को दूर करते रहें यही मेरी हार्दिक मंगल कामनाएँ हैं।

जय हिन्द! जय भारत!

दिनांक 25 दिसम्बर 2022

-डॉ. एम. ए. बेग 'राही'
77, भूरीदेवी (चौधराना)
उन्नाव

‘धीरज’ का धीरज
लेखक की प्रेमिका

मोहन लाल मिश्र ‘धीरज’ का धैर्य प्रतिफलित हुआ और एक नई रचना ‘लेखक की प्रेमिका’ आकारित हुई। एक ऐसा उपन्यास, जिसका हैं और हृदय रामायण है, प्रवृत्तियां सतयुगी हैं, परिस्थियाँ द्वापर है, अधपेछ कलयुग है। आज किसी पुराने साहित्यकार को कितने सामयिक के सांचे में ढालकर आकार को सीमित करने का प्रयास होता है तो साहित्य की यह परिभाषा खण्डित हो जाती है कि ‘साहित्य शाश्वत सत्य की अनुभूति के प्रकाशन का नाम है। समस्या किसी युग की हो भाषा कोई भी हो, लेकिन शिवधर्म जीवन मुल्यों की आवश्यकता हमेशा रहती है। यही कारण कि धीरज जी ने त्रेता के जनक को कलियुग में उतारा है। जहां भूमिजा पुरानी संज्ञा सीता के साथ नए रूप में है और नव, जनकत्व का निश्छल अनुराग प्रकट हुआ है। पूर्ण पितृ धर्म के साथ। यहां श्रृंगार वात्सल्य का आश्रय के भाव स्थायित्व को प्राप्त हुआ है। हर युग में नाम बदलते है और प्रवृत्तियाँ भी परिवर्तित होती हैं। कविकाल में भी जनक हैं जो मृदुल सुभाव को पोषण कर कर्तव्य का पालन करते है।

धीरज जी ने सर्वज्ञान पौराणिक आख्यान को युगीन परिवेश में रखकर एक नया कलेवर सृजित किया है जो अपने प्रकार का नव-सृजन भी है और नवोन्मेष भी। कथानक की घटनाओं को शब्दों में ऐसे टांका गया है कि इसकी स्थानापन्नता को विस्थापित नहीं किया जा सकता है। आचार्य हजारी प्रसाद द्विवेदी ने ‘बाणभट्ट की आत्मकथा’ और ‘अनामदास का पोथा’ आदि में औपन्यासिक धर्म एक नए स्वरूप में प्रस्तुत किया, जो हस विधा के लेखकों के लिए कश दिशा-प्रकाश बना। धीरज जी का यह उपन्यास नव-प्रयोग का व्यवस्थित प्रारूप है।

हम इस सुभावता के साथ उनके जीवन के अष्ट दशक शतक धर्मी हों और यह कालखण्ड उनकी नव-चिन्तनों को सृजन धर्मी बनाए रखे।

शब्दों की अल्प पूंजी के साथ 'नासम'

सोमवार, 9-1-2022

-देवी प्रसाद शुक्ल
सेवा निवृत प्रधानाचार्य /प्रवक्ता
क्राइस्ट इंटरमिडिएट कॉलेज, कानपुर

मेरी दृष्टि में 'धीरज'...

लेखक की प्रेमिका कहानी का आकर्षण अंत तक बांधे रहता है और पात्रों के मनोभाव से यह प्रतीत होता है कि आज के परिवेश में भी हमारी संस्कृति अपनी पुरातन संस्कृति से जरा भी भिन्न नहीं हुई है। कहानी के हर पात्र के विस्तार के साथ पौराणिक आख्यान नवीनता प्रदर्शित करते हैं और सहज ही उस युग की सैर करा देते हैं जिस युग का सम्बन्ध हमारी जड़ों से है। पूरा कथानक यह जानने की जिज्ञासा जगाता है कि आगे क्या होगा, किंतु कुछ प्रश्न शेष रह जाते हैं।

-मलय वाजपेयी
सह संपादक दैनिक जागरण द्वारा
कानपुर

आभार

'लेखक की प्रेमिका' उपन्यास के लेखन में प्रत्यक्ष-अप्रत्यक्ष रूप से सहयोग प्रदान करने वालो का हृदय से आभार तथा सम्मान व्यक्त करता हूँ।

इस कृति पर परम विद्वान डॉ. लक्ष्मी कांत पाण्डे, महान वैज्ञानिक डॉ. उदय शंकर दीक्षित, साहित्य पुरोधा एवं विधि वेत्ता डॉ विनय शंकर दीक्षित, हिंदी मर्मज्ञ विद्वान से डॉ विजय कुमार पाण्डेय, आदर्श शिक्षक देवी प्रसाद शुक्ल, कुशल रचनाकार समीक्षक चि. मलय बाजपेयी सहसम्पादक तथा चिकित्सा जगत से जुड़े संवेदन शील लेखक डॉ एम. ए. बेग 'राही', समीक्षा समृद्धि के धनी प्रकाशन क्षेत्र में निरंतर प्रगति की ओर बढ़ते हुए प्रिय शिवगणेश प्रजापती को पुस्तक प्रकाशन एवं अच्छा कलेवर देने के लिए धन्यवाद ज्ञापित करता हूँ। न्यू ट्रू साइन पब्लिशिंग हाउस की निरंतर प्रगति की कामना करता हूँ। सभी के प्रति कृतज्ञता ज्ञापित करता हूँ।

उपन्यास के सभी पात्र काल्पनिक हैं, नाम स्थान मिल जाए तो मात्र संयोग होगा।

आपका अपना

-मोहन लाल मिश्र 'धीरज'

लेखक

अनुक्रमणिका

पूर्वकथन

लेखक की प्रेमिका

विश्व का सर्वश्रेष्ठ रचनाकार, कथावाचक तथा प्रेम (Love) का पर्याय सर्वव्यापक सर्वगुण सम्पन्न जिसका न आदि है और न अनंत, वही वेदान्त जड़ चेतन का स्वामी है वह परम ब्रह्मा भगवान शिव जो सदैव माता शक्ति स्वरूपा जगत जननी अम्बे को हृदय में धारण करते हैं। अनेकों नाम से जाने जाने वाले त्रिशूलधारी महादेव को बारम्बार प्रणाम करता हूँ।

उपन्यास शीर्षक 'लेखक की प्रेमिका' में पूर्ण सौन्दर्य तत्व समाहित है जो विश्व की सृजनात्मक क्रिया भाव को गति देता है जिससे मानव परम सुख की अनुभूति करता है।

हमारे समाज में विभिन्न प्रवृत्तियों के लोग हैं- स्वार्थी, नि:स्वार्थी, भोगी-त्यागी आदि उनकी मनोवृत्तियों पर एक मनोवैज्ञानिक अन्वेषण पर गहन चिन्तन है। जिसको विभिन्न पात्रों के माध्यम से कथोपकथन द्वारा अभिव्यक्ति का एक प्रयास है जो सुधी पाठकों के आशीर्वाद का आकांक्षी है।

भगवान और भक्त, लेखक और पाठक में साम्यता है। परमसत्ता के प्रति समर्पण। जड़ चेतन में उसकी छवि निहारन। यही शक्ति स्रोत है।

राम रामेति रामेति रमे रामे मनोरमे।
सहस्रनाम तत्तुल्यं राम नाम वरानने।।

राम रक्षा स्त्रोत

Sri Mahadevi says to Mata Parvati- "O Pretty Faced! The name Ram is equivalent to Visnu Sahatrunama (a thousand names of Lord Visnu) I ever engrossed in this charming name".

हमारे समाज में ऐसे महान व्यक्तित्व के धनी प्रतिभाओं ने अपने पुत्र-पुत्रियों के अनाथ निराश्रित बच्चों का पालन-पोषण किया। वे धन्य हैं, प्रणम्य हैं।

कुछ ऐसे महान लोग हैं जिन्होंने निराश्रित बच्चों के पालन पोषण में अपना सम्पूर्ण जीवन समर्पित कर दिया है। ऐसे त्याग मूर्तियों को कोटिश: नमन।

ख्यातिलब्ध, समर्थवान, धनवान, गुण-सम्पन्न अपनी काम पिपासा को शांत करने के लिए सहवास करते हैं और अपनी संतानों को लावारिस छोड़ देते हैं या किसी दूसरे को दे देते हैं। जब वही सन्तानें प्रतिभावान बन जाती हैं तब उन पर अधिकार जताने आ जाते हैं। पालन पोषण करने वालों से व्यापारिक संधि करने का प्रयास करते हैं। उस समय पोषित प्रतिभाओं की कुण्ठा की अभिव्यक्ति इस उपन्यास में समाहित है।

सृजन-विनाश, शांति-युद्ध, प्रेम-घृणा, आस्तिक-नास्तिक की वैचारिक सोच पर एक गंभीर चिंतन जो बुद्धिजीवी वर्ग को सोचने के लिए विवश करता है।

विनाश लीला में ईश्वर के अस्तित्त्व पर प्रश्न, सृजन की सुखानुभूति में उसके प्रति धन्यवाद। कठिनाइयों की स्थिति से निकलने की छटपटाहट मानव को साहस शक्ति प्रदान करती है। मनोवैज्ञानिक विश्लेषण एक रहस्यमय पहेली है जिसको सुलझाते-सुलझाते जीवन का अंत हो जाता है और देहावसान के उपरांत जीवात्मा की यात्रा प्रारम्भ होती है उस पर एक अध्ययन। लौकिक-पारलौकिक स्थितियों पर लेखकों के विचार।

सम्भोग के समय

वीर्य स्खलन की स्थिति में परम आनंद की अनुभूति तथा उस अवधि के विस्तार की कामना। इसके विपरीत ब्रह्मचर्य की साधना समाधि की स्थिति प्राप्ति के पथ पर चलने का विज्ञान।

यौन के सुख की प्राप्ति की आकांक्षा तथा विभिन्न सम्प्रदाय के विचार-व्यवहारिक प्रक्रिया। वर्तमान में हमने वैज्ञानिक प्रगति की है जिसके कारण लोगों में यौन-सुख की प्राकृतिक, अप्राकृतिक तथा कृत्रिम साधनों का प्रचलन हो रहा है।

आचार्य रजनीश जो ओशो के नाम से विख्यात है। वह विश्व के माने हुए दार्शनिक हैं। उनकी Best Seller Book "From Sex to Super conciousness" के सन्दर्भ में यहां कुछ कहना उचित होगा-

And the route is simple : Sex just has to be part of your religious

life, it has to be something sacred.

A book is famous as it is famous

इसी पुस्तक के पांचवें अध्याय (Sessions) The Diamond Beyond Sex ओशो ने ? ? ? फ्रायड के सिद्धांतों का समर्थन किया है। वह Sex को Energy के रूप में देखता है।

उसकी कुछ पंक्तियां निम्नवत हैं-

It, as you say, it is the sex energy that transforms into love, do you then mean that the love of a mother for her child is also sex energy.

ओशो एक बहुत बड़ा दावा करता है।

We cannot accept you as an authority on sex. We had come to ask you about God and you started telling as about God so please tell us about God.

मेरी ओशो दर्शन पर कोई टिप्पणी नहीं परन्तु भारतीय दर्शन का कथन सत्य है। इच्छाओं-कामनाओं की कभी तृप्ति नहीं हो सकती है। इसलिये सम्पूर्ण कामनाओं को त्यागकर ही उसको प्राप्त कर सकते हैं।

विश्व में भोगवादी संस्कृति पनपने लगी है। LBGTQ लस्बियन, बायोसेक्सुयल, गै आदि की संस्कृति को मानवाधिकार ने स्वीकृत प्रदान करते हुये कई निर्देश दिये। भोगवादी संस्कृति के अमेरिका, फ्रांस आदि देश हैं। दूसरी और तालिबानी विचारधारा ने आतंकवाद को जन्म दिया तथा कतिपय संगठनों ने इस्लाम धर्म की परिभाषा अपने-अपने ढंग से की।

धर्म ईश्वर प्रदत्त वरदान है। विश्व कल्याण की भावना निहित होती है। इस उपन्यास में जनक पाण्डेय साधारण व्यक्ति निराश्रित सीता का लालन-पालन करता है। उसके जीवन का एक ही लक्ष्य है कि वह विश्व की महानतम देवी बने। उसके लिये सारे सुख त्याग देता है। वह उसे अपने प्राणों से ज्यादा प्रिय है। वह उसकी पोषिता है।

कण्व ऋषि ने शकुंतला का लालन-पालन किया। वह चक्रवती सम्राट राजा दुष्यंत की पटरानी बनी। उसने भरत जैसे महान योद्धा को जन्म दिया।

राजा जनक ने सीता का पालन-पोषण किया। उसे राजाराम दशरथ-नंदन की पत्नी बनने का सौभाग्य प्राप्त हुआ।

कुंती का विवाह-पूर्व का जीवन राजा शूरसेन के यहां व्यतीत हुआ।

राजा दशरथ की पुत्री मर्यादा पुरुषोत्तम की बहन शांता का बाल्यकाल भी अन्यत्र व्यतीत हुआ।

इस उपन्यास का लक्ष्य विश्व की वैचारिक सोच सकारात्मक हो और आपस में मैत्री भाव स्थापित हो।

हम तीसरे महायुद्ध की सम्भावना को विश्व बन्धुत्व की भावना से रोक सकते हैं अन्यथा व्यवस्था के व्युतक्रम में एक महान योद्धा आयेगा। वह स्त्री या पुरुष कोई हो सकता है।

राम राज्य का अर्थ है- जनता की भावनाओं का आदर करना।

त्याग तपस्या जनक पाण्डेय की साधना और उसके जीवन की अमूल्य निधि 'सीता'। सीता अलौकिक प्रतिभा की धनी, हर उस व्यवस्था को छिन्न-भिन्न करती है जो जन विरोधी है।

यहाँ तक उससे रक्षा विभाग से लेकर आतंकवादी ग्रुप भी डरते थे कि वह कब किसका विनाश कर दे। बड़े-बड़े देश भी चिंतित थे।

उसके माता-पिता कौन थे? कैसे उसका जन्म हुआ? उसमें इतनी अलौकिक शक्तियाँ कहाँ से आयीं? तत्काल समस्या और समाधान, स्मरण शक्ति कम्प्यूटर से अधिक, भविष्य घटनाओं पूर्व ज्ञान, अपने पोषक, पिता जनक पाण्डेय को ईश्वर की श्रेणी में रखती थी।

जनक पाण्डेय के ऑपरेशन के लिये आवश्यक / वांछित धनराशि का प्रबन्ध कैसे करती है। आतंकवादी ग्रुप से गुप्त समझौता। देश की सरकार की व्यवस्था पर अभद्र टिप्पणी- मैं शासन सत्ता बदल दूंगी।

महापद्मनंद का विनाश चाणक्य के हाथों हुआ था पर दुष्टों का विनाश मेरे हाथों लिखा है।

प्रिय पाठकों यह उपन्यास मैंने विश्व शांति की स्थापना हेतु लिखा है।

इसके सभी पात्र काल्पनिक हैं। नाम, स्थान संयोग से मिल सकते हैं।

पुन: सभी सुधी जन का अभिवादन!

उपन्यास पढ़ने के पश्चात् अपनी राय अवश्य लिखियेगा।

आपका अपना

-मोहनलाल मिश्र 'धीरज' लेखक/एडवोकेट

1/03/2022

वह कौन थी?

पुलिस, रॉ, सी.बी.आई. तथा सैनिक बलों के चिंता का विषय था। कई तरह के प्रश्न उठ रहे थे। सरकार को उत्तर देना कठिन हो रहा था।

सी.बी.आई. चीफ जो ईमानदार, कर्मठ राष्ट्रवादी विचारधारक ने बैठक में कहा- वह एक लड़की है जिसने पुलिस तथा रक्षा बलों का कार्य किया है उसमें हमें फंसना नहीं, बचाना है उसकी सहायता से विश्व के आतंकवाद को मिटाना है।

मुस्लिम देश की एक मस्जिद में 100 नमाज़ियों की हत्या 10 आतंकियों ने की। उसको जब ज्ञात हुआ तो उसने उन 10 आतंकियों को बड़ी दर्दनाक मौत दी कि वीडियो देखने वालों के रोंगटे खड़े हो जायें। आतंक का जवाब क्या आतंक है?

प्रश्न है, वह कौन थी या कौन था? अन्तर्राष्ट्रीय स्तर पर चर्चा का विषय बना। जो कार्य उस देश की सरकार को करना था वह किसी और ने किया वह भी अकेले। अधिकांश लोग समर्थन में थे परन्तु कुछ आतंकवादी संगठन बदला लेने के लिये प्रयासरत थे।

बड़े-बड़े राष्ट्र अपनी स्वार्थ सिद्धि के लिये आतंकवादी संगठनों से गुप्त समझौता करते हैं। ऊपर से कुछ, अंदर से कुछ।

अन्तर्राष्ट्रीय सुरक्षा एजेंसियों ने ज्ञात किया कि वह भारत की युवती है जो कमाण्डों का प्रशिक्षण प्राप्त कर चुकी है। बेहद चालाक, चुस्त, तरह-तरह के वेश बदलने में माहिर। उसे किस आतंकवादी संगठन का संरक्षण प्राप्त है। इस रहस्य को सुलझाने में भारत सरकार भी चिंतित थी। भारत भी आतंकवाद का शिकार हो रहा था। एक भारतीय सैनिक टुकड़ी को पाकिस्तान समर्थित आतंकवादियों ने बड़े ही योजनाबद्ध तरीके से निशाना बनाया परन्तु उसने सैन्य टुकड़ी का रक्षण किया तथा 20 आतंकवादियों को ढेर कर दिया। हैड क्वार्टर से सैन्य सहायता मांगी लेकिन मदद आधा घण्टे विलम्ब से मिली। इसमें भी षडयंत्र की बू आती थी। जब सत्यता आई तो ज्ञात हुआ उसके पास एक ऐसी लाईट गन है जिसकी लाइट पड़ते ही व्यक्ति का शरीर शून्य होने लगता है और वह दस मिनट में मृत्यु को प्राप्त हो सकता था।

अन्तर्राष्ट्रीय मुद्दा बन चुका था। अमेरिका का प्रभाव धीरे-धीरे कम हो रहा था। चीन विस्तारवादी नीति को बाह्य रूप से नकारता था परन्तु कार्य उसके विपरीत करता था।

उसने भारत से दोस्ती कर पंचशील बनाया और तिब्बत को हड़प लिया। दलाईलामा को भारत में शरण लेनी पड़ी। 1962 में भारत-चीन युद्ध हुआ।

भारत सरकार की नीतियों में कभी-कभी राष्ट्रविरोधी तत्व झलकने लगते हैं जैसे सुभाषचन्द्र बोस को युद्ध अपराधी घोषित करने में समर्थन। सरकार की नीतियों का विरोध सकारात्मक रूप से करना लोकतंत्र का हिस्सा है परन्तु देश को तोड़ने की साजिश, विदेशियों से मिलकर देश को नुकसान पहुँचाना राष्ट्रद्रोह है।

अंत में सुरक्षा एजेंसी रॉ को जांच सौंपी गयी। पता लगाये वह कौन है? साथ में अन्य देश भी जानकारी हासिल करने में जुट गये तथा आतंकवादी संगठन भी तलाश में जुट गये। कुछ लोगों का मत है वह भारत की खुफिया तंत्र का हिस्सा है जिसे भारत सरकार नकारती है।

स्वाभाविक प्रेम

सितम्बर माह था। न ज़्यादा गर्मी न ज़्यादा सर्दी। बारिश हो जाने के बाद मौसम बहुत सुहावना हो गया था।

जनक पाण्डेय पी.सी.एस. की परीक्षा देकर इलाहाबाद से कानपुर लौट रहे थे। ट्रेन सायं 5.50 पर प्लेटफार्म नं. 1 से छूटने वाली थी। जनक बैग लेकर बड़े-बड़े कदम धरते हुये स्टेशन की ओर बढ़ रहा था। रास्ते में एक बहुत ही सुन्दर युवती जो गोद में बच्चा लिये थी, मिली और वह भी उसी दिशा में चल रही थी। दोनों ने एक-दूसरे को देखा।

अचानक जनक की वाणी उद्घटित हुयी -

प्रथम मिलन में सहज भाव से पूर्व
मिलन का परिचय लगता है।
मिले नहीं फिर भी न जाने क्यों तेरा चेहरा
जाना पहिचाना सा लगता है।।
पास हो ऐसे जैसे सूरज और किरन
दूरी ऐसे जैसे अम्बर धरती पर झुकता है।।

उस युवती के रूप सौन्दर्य पर ही मोहित था। उसका स्वरूप ही कुछ ऐसा था। भीड़ में वे दोनों अलग हो गये। दोनों में आकर्षण हुआ। पुन: मिलने की कामना जनक में जागी। साथ में सुन्दर बच्ची का मुख चूमने की प्रबल कामना।

जनक ट्रेन में अपना स्थान ले चुका था। बहुत भीड़ नहीं थी। उसने प्लेटफार्म पर उतर कर मैगज़ीन खरीदी और वापस अपनी सीट पर आकर बैठ गया। मैगज़ीन पढ़ने लगा, पढ़ रहा था कि अचानक आवाज़ आई- 'एक्स्क्यूज़ मी सर, मे आई सिट हियर।' उसने मैगज़ीन से अपनी आंखें हटायीं और उस आवाज़ को सुना। वही युवती थी जो बच्चे को गोद में लिये मिली थी। देखते-देखते उसके पूरे शरीर में विद्युत संचालन हो गया और वह बहुत ही अच्छा अनुभव करने लगा। वह सोचने लगा कि यह कौन है? कुंवारी है या शादीशुदा। बच्चा इसका है या किसी और का।

उसकी तंद्रा टूटी। पुनः मन को संयमित करके कहा- 'ओ यस, वाई नाट।' यह भी कहा- 'वाट कैन डू फार यू।'

'थैंक्स एलॉट'

"मोस्ट वेलकम"

बोलने के अंदाज से स्पष्ट था कि वह हाईली क्वालीफाइड है।

वह दिमाग को जोर दे रहा था। मैंने इसको कहां देखा है लेकिन स्मृति में नहीं आ रहा था।

वह देवलोक की किसी अप्सरा से कम नहीं थी। वह बच्ची स्वस्थ, हंसमुख, बड़ी-बड़ी आंखें, होंठ गुलाब के फूल की दो पंखड़ियाँ जैसे आपस में जुड़ी हों। जनक पाण्डेय पूरी तरह उस युवती और बच्ची के प्रेम में लीन हो गया।

जनक पाण्डेय का विवाह निश्चित हो चुका था। उसका चरित्र भी उज्ज्वल था। साधारण परिवार का सदस्य था। कक्षा 8 के बाद से ट्यूशन करके पढ़ाई जारी रखी। B.Sc. (Maths) तथा एम.ए. राजनीति शास्त्र से किया था। कई कम्पटीशन में बैठ चुका था। अच्छी नौकरी की तलाश में था। संसार में कभी-कभी कुछ घटनायें घटित हो जाती हैं, जो व्यक्ति के जीवन की दिशा को बदल देती हैं।

युग परिवर्तक महात्मा गौतम बुद्ध के जीवन में घटित घटनाओं ने उसे विश्व का महानतम व्यक्ति बना दिया। घटना साधारण थी पर उसके लिये असाधारण। राजपाट त्याग कर सत्य की खोज में निकल पड़े। बौद्ध धर्म का प्रचार-प्रसार विश्व स्तर पर हुआ और बौद्धधर्म को अनेक राजाओं ने स्वीकार किया। स्तूप मठों की स्थापना हुयी। आगे चलकर कई शाखायें हुयीं। यहां पर यह कहना आवश्यक है। गौतम बुद्ध नास्तिक थे। अवैदिक थे। ईश्वर और आत्मा को स्वीकार नहीं करते थे परन्तु कर्म के सिद्धांत को दृढ़ता से स्वीकार करते थे। उन्होंने यद्यपि अतिवादिता का सिद्धान्त अपनाया परन्तु शिक्ष संतुलित सम कर्म की शिक्षा दी।

कोई भी सिद्धांत शाश्वत नहीं होता है। समयकाल, परिस्थितियां बदलती रहती हैं। सत्य, न्याय तथा प्रेम ईश्वर के पर्याय हैं। एक स्थिति ऐसी आ गई कि बौद्ध धर्म के कारण समाज में अकर्मण्यता आ गई। विदेशी लोग इसका लाभ उठाने लगे। तब विष्णुगुप्त चाणक्य का प्रवेश हुआ। उसने अर्थशास्त्र जैसा ग्रन्थ देश को दिया। वह राष्ट्रवादी था। जबकि गौतम बुद्ध विश्वबन्धुत्व की बात कहते हैं। राष्ट्रवाद युद्ध को जन्म दे सकता है। सिद्धान्त और व्यवहार में अंतर है। व्यक्ति के लिये क्रियाशील होना आवश्यक है। जनक को इतना ज्ञात हो सका। उसका नाम कल्याणी है, D.A.V. College कानपुर की कभी छात्रा रही। उसके बाद जे.एन.यू. दिल्ली चली गयी, वहां उसने राजनीति शास्त्र के नीतिनिदेशक तत्व- Directive Principles of State policy पर शोध कार्य किया था।

युवती की हाइट पांच फिट आठ इंच होगी, जो महिलाओं की सामान्य हाइट से अधिक है। व्यायाम तथा योग साधन से चुस्त-दुरुस्त बलवान शरीर। गेंहुआ रंग मुख पर चमक, बड़ी-बड़ी आंखें, उठी हुयी नासिका, सौष्ठव शरीर। साड़ी में वह साक्षात लक्ष्मी ही दिखलायी पड़ती थी, वाणी से सरस्वती।

जनक से आत्मीयत प्रदर्शित करते हुये कहा- "सर"

"जी... कहिये"

"इस बच्ची को देखिये। ध्यान रखियेगा। मैं अभी आती हूँ।" इतना कह कर उस बच्ची को उसकी गोद में देकर तथा साथ में एक बैग देकर ट्रेन से उतर गयी। उसने जाने के पहले जनक से उसकी सारी जानकारी ले ली थी। एक कागज़ में नोट भी किया।

उस बच्ची का रूप बहुत सलोना था। चम्पा के फूल की तरह रंग, पूर्ण स्वस्थ। इससे यह ज्ञात होता है कि वह किसी महान शक्तिशाली ऐश्वर्यवान धनवान की पुत्री है, साक्षात लक्ष्मी का रूप।

ट्रेन चल दी। धीरे-धीरे ट्रेन चलने लगी। जनक बच्ची को लेकर चिंतित हो गया। ट्रेन गति पकड़ रही थी। वह नहीं आई। उससे एक अहम समस्या खड़ी हो गयी।

वह ऊहा-पोह की स्थिति में था। क्या करे? बच्ची को कैसे संभाले? इस थोड़ी-सी अवधि में बच्ची उससे ऐसे हिल-मिल गयी जैसे जन्म से उसने पाला हो।

मन में सोचा कानपुर में R.P.F. को सौंप दूंगा। मुझे क्या लेना-देना। दूसरे क्षण उस बच्ची के प्रति उत्पन्न हुआ आकर्षण-मोह नहीं त्याग पा रहा था। वह उसे जीवन की अनमोल निधि समझ रहा था। फिर उसके पालन-पोषण की समस्या का प्रश्न था। अंतरद्वंद से निकल नहीं पा रहा था।

उसे त्रेता युग की कथा अचानक याद आ गयी। राजा जनक को भी सीता ऐसे मिली होगी। वह भूमि कन्या थी। यह भी किसी महान माता-पिता की पुत्री है।

तेजस्वी महाप्रतापी विश्वामित्र तथा अप्सरा के सहवास से शकुन्तला का जन्म हुआ। त्यागमूर्ति ऋषि कण्व ने उसका पालन-पोषण किया तथा सनातनी संस्कार दिये।

ऐसी अनेक कथाओं से इतिहास भरा पड़ा है। कामवासना की तृप्ति के लिए बच्चों को जन्म दे देते हैं। सामाजिक लोक निंदा के कारण उनको भगवान भरोसे छोड़ देते हैं। यह समस्या युगयुगातंर से चली आ रही है। इस समस्या पर सरकार को विचार करना चाहिये।

आपदाओं के कारण भी बच्चे अनाथ हो जाते हैं। ऐसे बच्चों का भरण-पोषण पालन करने वाली संस्थायें भी हैं। उनमें सुनामी के कारण अनाथ बच्चों को श्री रविशंकर जी ने गोद लेकर जो कार्य किया है वह प्रशंसनीय है।

करोना संक्रमण के कारण अनाथ हुये बच्चों को वांछित सहायता प्रदान कर सरकार ने एक बहुत ही अच्छा प्रशंसनीय कार्य किया है।

रवीन्द्रनाथ टैगोर ने लिखा है-

"Men forget their worries in the presence of children."

आज का बालक कल को देश का कर्णधार बनेगा। इसीलिये बचपन ही भावी देश का भविष्य है।

ट्रेन कानपुर स्टेशन आ गयी। जनक ने जी.आर.पी. के अधिकारियों से मिलकर समस्या बताई। बच्ची को सौंपने की बात की, बच्ची जनक के कंधे से चिपक गयी। एकदम उदास हो

गयी। दरोगा ने कहा- "मैंने कम्प्लेंट लिख ली है। जैसे ही कुछ होगा हम आपको सूचित करेंगे। आप बच्ची को ले जाइये और इसे अपने पास रखिये जब तक इसके माता-पिता का पता नहीं चल जाता है।"

जनक के पास उसको रखने के अतिरिक्त कोई विकल्प नहीं था। अंत में उसने उसको पालने की बात निश्चित की। भले ही मुझे कोई कुछ भी कहे। अखबार, टी.वी. तथा आकाशवाणी आदि माध्यम से सूचना प्रसारित हुयी परन्तु कोई भी उसको लेने नहीं आया।

समय क्रमशः बढ़ता रहा। जनक और बच्ची में प्रेम बढ़ने लगा। वह उसे सीता बिटिया कहता, वह उसे पापा कहती। दोनों एक-दूसरे के पूरक हो गये।

जनक से न परिवार खुश था और न आस-पास के लोग। जनक के चरित्र को लेकर सवाल उठने लगे। वह परेशान अवश्य था परन्तु हार नहीं मान रहा था। उसका विवाह भी टूट गया। सीता की देखभाल के कारण उसके कुछ ट्यूशन भी टूट गये, आर्थिक तंगी आ गयी परन्तु अचानक कोचिंग सेन्टर में पढ़ाने को मिल गया। जीवन की गाड़ी फिर चल पड़ी।

अर्थविहीन व्यक्ति चलती-फिरती लाश की तरह होता है। अर्थ का महत्त्व है परन्तु वह साध्य नहीं, साधन है। भौतिकवादी युग में भोगवादी संस्कृति पनप गयी और मानक मूल्यों को भूल गये। समस्यायें रास्ता रोकती हैं, संघर्ष रास्ता बनाता है। दृढ़ संकल्प मनुष्य के लक्ष्य को प्राप्त करवाता है।

शनैः शनैः समय व्यतीत होने लगा। वह 5 वर्ष की हो गयी। विद्यालय में प्रवेश की बात आई। सीता बड़ी कुशाग्र बुद्धि की थी। जनक जो पढ़ाता सिखाता वह एक बार में ही कंठाग्र कर लेती। उसका वाचन-लेखन दोनों शुद्ध था। उसे श्लोक रामचरित मानस कंठाग्र थी। शुद्ध वाचन करती थी।

प्रवेश

धर्म यो बाधते धर्मः न स धर्मः, कुधर्म तत्,
अविरोधी तु यो धर्म, स धर्मः सत्यविक्रमा।

महाभारत (शांति पर्व)

जो धर्म दूसरे धर्म का बाधक हो, वह धर्म नहीं कुधर्म है। सच्चा धर्म वही है जो किसी दूसरे धर्म का विरोधी न हो।।

भारतीय मनीषा संकल्प- सर्वे भवन्तु सुखनः सर्वे सन्तु निरामया।

सर्वे भद्राणि पश्चन्त् मा कश्चित भागवेत॥

Have this feelings all should be happy & healthy no one should suffer in the least.

अभी तक जितने युद्ध हुये उनमें अधिकतर धर्म के नाम पर हुये।

धर्म सर्वोच्च सत्ता का आदेश है तब क्यों?

सीता के चरित्र को समझने के लिये भौगोलिक एवं ऐतिहासिक पृष्ठभूमि में जाना होगा। विश्व की भिन्न-भिन्न संस्कृतियों की प्रवृत्तियों पर विचार करना पड़ेगा।

लोकप्रिय दैनिक जागरण दिनांक 11 अक्टूबर, 2021 में प्रकाशित एक आलेख पर ध्यान देना होगा।

'बर्बरता का बेशर्मी से बखान'- यह आलेख - स्पष्टवादी, राष्ट्रवादी लेखक वर्तमान में अध्यक्ष विधानसभा माननीय हृदय नारायण दीक्षित द्वारा लिखा गया जो मेरे उपन्यास की पृष्ठभूमि के मनोविज्ञान को उकेरता है।

सधन्यवाद दैनिक जागरण

बर्बरता -------------------- लेकिन??? में जीवन नहीं होता।

सीता का आतंक पूरे विश्व में फैल चुका था। उससे आतंकवादी संगठन थरथर कांपने लगे थे। कुछ गुप्तचर विभागों का कथन था- उसे इजराइल का संरक्षण प्राप्त है। कोई कहता था कि इसके आतंक के पीछे सज्जन समाज की रक्षा है।

वर्तमान में भारत, फ्रांस तथा अमेरिका आदि आतंकवाद से त्रस्त हैं। आतंकवादी कायराना हमला करते हैं। उनके लिए मानव जीवन का कोई मूल्य नहीं है।

उद्धव ठाकरे समय के देवता ने अनैतिक कार्य करने वालों पर लगाम लगायी तथा आतंकवादी सोच पर लगाम लगाने के लिये Socid Squad आत्मघाती दस्ता बनाने की भारत सरकार को सलाह दी। इसकी आलोचना हुयी परन्तु भारत को आज इसकी आन पड़ी है।

भारतीय संविधान की धारा 370 विलुप्त करने हेतु अखिल भारतीय जनसंघ ने अथक प्रयास किया। सुप्रीम कोर्ट में रिट दाखिल की। तत्कालीन डॉ. श्याम प्रसाद मुखर्जी ने अपने जीवन की आहुति दी। प्रो. बलराज मधोक ने अपना सम्पूर्ण जीवन कश्मीर समस्या समाधान हेतु अर्पित कर दिया।

भारतीयता का भाव प्रत्येक भारतवासी में होना चाहिये। कतिपय लोग निजी स्वार्थ के लिये देश को बेचने में संकोच नहीं करते।

दैनिक जागरण की सम्पादकीय में प्रकाशित 'फिर न हो पलायन' शीर्षक यहाँ उद्धृत है।

कश्मीर -------------------- जरूरत नहीं समझी।

आतंकवाद को चीन, पाकिस्तान तथा कुछ कतिपय देश बढ़ावा देते, उन्हें आर्थिक मदद देते हैं और अपनी स्वार्थ सिद्धि करते हैं।

इस समय संयुक्त राष्ट्रसंघ का मनोविज्ञान पढ़ना आवश्यक हो गया। आतंकवादी संगठनों को काली सूची में डाला जाये तथा बड़े राष्ट्र मिलकर आतंकवाद का खात्मा करें, नहीं तो मानवता खतरे में पड़ जायेगी।

भूतपूर्व प्रधानमंत्री अटल बिहारी बाजपेयी ने कहा था- आतंकवाद से लड़ने के लिये विश्व की प्रजातांत्रिक सरकारें एक साथ मिल कर लड़ें। यह भाव विश्व कल्याण के लिए कितना सार्थक है।

आतंकवाद का जन्म कब, कैसे हो जाता है पूर्णतया ज्ञात नहीं परन्तु ये मानव प्रवृत्तियां नकारात्मक रूप से परम्परा का रूप ले लेती हैं। इतना प्रसार-प्रचार होता है, एक से दो और समूह बनते चले जाते हैं, कूरता की हदें पार हो जाती हैं तब लेखक के मन की पीड़ा जाग जाती है। वह शब्द रूप में महाकाव्य रचता है।

सुन्दर सुखद वातावरण में आपसी प्रेमरत की हत्या का दृश्य देख कर लेखक मन उद्वेलित हो जाता है तब अनायास ही

ईश्वरीय प्रेरणा से काव्य जन्म लेता है।

महर्षि वाल्मीकि जब माध्यंदिन सवनार्थ (मध्यकालीन स्नान) तमसा नदी के तट पर पहुँचते हैं। उस समय / क्षण व्याघ्र द्वारा मारे गये क्रौञ्चयुग्म में से एक विलाप करते हुये देखते हैं, तो उनका हृदय करुणार्द्र हो उठता है और उसकी हृदय की तरलता काव्य रूप में प्रवाहित होने लगती है-

मा निषाद प्रतिष्ठां त्वगमः शाश्वती माः।

यत्कौञ्चमिथुनादेक मवधीः काममोहिम्।।

वियोगी होगा पहला कवि आह से उपज गान। आंसू से अशु बन उपजी हो कविता अनजान।

लेखक का श्राप और उसके द्वारा रचित आलेख विश्व में फैले अन्धकार को मिटाने के लिये प्रकाश परम सत्ता का आवाहन करता है। वह उस करुण पुकार को सुनकर धरती पर आने को विवश हो जाता है।

महाभारत में भगवान कृष्ण ने गीता के चौथे अध्याय में कहा- जो सूत्र वाक्य है।

यदा यदा हि धर्मस्य ग्लानिर्भवति भारत।

अभ्युत्थानमधमर्मस्य तदात्मानम् सृजाम्यहम्।।

परित्राणाय साधूनां विनाशाय च दुष्कृताम्।

धर्म संस्थापनार्थाय सम्भवामि युगे युगे।।

सीता के मन में इतनी आग भरी है कि वह अन्याय होते देख नहीं पाती। उग्र होती है लेकिन सबसे महत्वपूर्ण बात कि वह सदैव संयमित रहती। किसी परिस्थिति में अपने मन पर नियंत्रण रखती और योजनाबद्ध तरीके से अन्यायी को दण्ड देती। दण्ड देते समय कभी सभी सीमाओं को लांघ जाती।

कहावत है- लव एण्ड वार में सब कुछ जायज है। जैसे को तैसा-सिद्धान्त लागू होता है। उसके पास आत्मघाती दस्ता भी था। लोगों का मत है उसने अनेक प्रकार का प्रशिक्षण प्राप्त किया है। वह सदैव हर खतरे के लिये तैयार रहती।

प्रत्येक कार्य के पीछे एक मोटो (आंतरिक उद्देश्य) होता है। अपराध शास्त्र में इस मनोविज्ञान पर बहुत बल दिया जाता है। समाज ने भौतिक उन्नति की, इसमें दो मत नहीं हो सकते परन्तु दूसरी ओर अपराध भी बढ़ा। अपराध तथा उसको करने का तरीका हाईटेक हो गया।

अपराधी समूह, रक्षण संस्थाओं से अधिक शक्तिशाली होने लगे। सरकारों को चैलेंज करने लगे। कुछ सरकारें आपसी वैमनस्ता के कारण आतंकवादी संगठनों को समर्थन देने लगीं। आर्थिक स्थिति उनकी काफी सुधर गयी। वो देखते-देखते शासन, सत्ता पर कब्ज़ा करने लगी। कुछ जगह आतंकवादियों की समानान्तर सरकारें चलती हैं।

अन्तर्राष्ट्रीय स्तर पर वैचारिक मंथन आवश्यक हो गया। दुष्ट प्रवृत्ति के राष्ट्रों ने अमानवीय तत्वों को बढ़ावा देना शुरू कर दिया। ऐसे में एक युवती अन्तर्राष्ट्रीय मंच पर आयी। उसका प्रवेश ऐसे समय में प्रकाश किरण बनकर आया।

पुण्य किसी को धोखा नहीं देता और पाप किसी का सगा नहीं होता। जो कर्म को समझता है उसे धर्म को समझने की जरूरत ही नहीं। सम्पत्ति के उत्तराधिकारी कोई भी या एक से ज्यादा हो सकते हैं लेकिन कर्मों के उत्तराधिकारी केवल हम स्वयं होते हैं।

जो सब्र के साथ इंतजार करना जानते हैं। उनके पास हर चीज किसी न किसी तरीके से पहुँच जाती है। नदी जब निकलती है उसके पास कोई नक्शा नहीं होता है कि 'सागर' कहाँ है। बिना नक्शे के सागर तक पहुँच जाती है। इसलिये कर्म करते रहिये नक्शा तो भगवान पहले ही बना कर बैठा है। हमको तो सिर्फ 'बहना' ही है।

'मैं सब कुछ और तुम कुछ भी नहीं' बस यही सोच हमें इन्सान नहीं बनने देती।

सम्मान हमेशा समय का होता है लेकिन आदमी उसे अपना समझता है।

जो एक ईश्वर की बात करते हैं, वो भटके हुये हैं। जब वह सर्वत्र है तो सभी का सम्मान स्वीकार करना चाहिए।

भारतीय दर्शन की पृष्ठभूमि, सर्वधर्म समभाव, विश्वबन्धुत्व, सर्व कल्याण, इसी के समानान्तर भारत-सरकार सबका साथ सबका विकास की बात करती है।

किसी द्रोपदी का अपमान न हो। सीता का सम्मान हो। घर-घर यशोदा मां हो, कृष्ण कन्हैया, दशरथ नन्दन राम हों, आनंद हो, किसी कविता की पंक्तियाँ हैं-

किस रावण की बाहें काटूँ

किस लंका में आग लगाऊँ

घर-घर रावण, दर-दर लंका

इतने राम कहाँ से लाऊँ

यहीं से विषय प्रवेश होता है कि कभी अहिंसा की देवी इतना उग्र रूप ले लेती है कि महाप्रलय बनकर महाकाली का रूप धरती है। सम्भवत: सीता का चरित्र ऐसा बन जाता है।

महासरस्वती, महालक्ष्मी, महाकाली

Supreme Energy of Creation

Supreme Energy of Maintenance

Supreme Energy of Destruction

तीनों शक्तियाँ सीता में विद्यमान हैं। वो जब ज्वालामुखी बनती तब कुछ नहीं देखती है। केवल अपने पोषिता जनक की आज्ञा का आदर करती है। यही उसकी मर्यादा है।

कभी-कभी न्यायाधीश सोचने के लिये विवश हो जाता है। जो लोग धार्मिक स्थलों को खून से रंग देते हैं तथा कथित धर्मनेता बलात्कार, अनैतिक आचरण करते हैं। केरल उच्च न्यायालय ने अपने निर्णय में लिखा ऐसे दोषियों को कौन-सी सजा दी जाये?

राक्षसी अमानवीय संस्कृति ने निर्दोष लोगों की हत्यायें की और महोत्सव मनाया। वीर योद्धा हजरत अली का कत्ल मस्जिद में उनके विश्वासपात्र नबी अब्दुर्रहमान इब्ने मुलजिम दोसा ने किया। ऐसे बहुत से उदाहरण हैं।

हिटलर ने अमानवीय व्यवहार किया। भारतीय लोगों को कठोर यातनाएं दीं। सुभाषचन्द्र बोस ने देवदूत बनकर उन लोगों को मुक्त कराया।

जेसिस क्राइस्ट को सूली पर चढ़ाया गया। इतिहास के पन्ने पलटें तो अनेक ऐसी कथाएं मिलेंगी।

सुख-शांति से रहना और रहने देना, बर्बरता करने देना की विचारधारा लुप्त होने लगती है। उच्चतम शिखर पर होती है तब कोई जन्म लेता है। उस समय समाज को दंडित करता है। यह प्रकृति का नियम है।

आज हम सबको मिलकर इन्हीं प्रश्नों के उत्तर ढूँढने हैं।

सीता ने जो किया उसके लिये वह दण्ड या पुरस्कार की अधिकारी है। यह विचारणीय प्रश्न है। यहाँ से राम का लंका में प्रवेश होता है।

उपन्यास की सीता और त्रेता युग की सीता में अन्तर है कि एक सीता मर्यादित सभी बड़े बुजुर्गो का आदर करती है और ये सीता स्वतंत्र है और जो समय के अनुसार ठीक लगता है, वही करती है। वह किसी से आदेशित नहीं होती।

यही उसके जीवन का प्रवेश द्वार है। वह चक्रव्यूह में जाना और निकलना भी जानती है।

जीवन

जीवन क्या है ? अनुभवों का श्रृंखलाबद्ध कलात्मक चयन। इसमें वही घटनायें पिरोयी जाती हैं, जिनमें संवेदना की गहराई हो। भावों को आलोकित करने की शक्ति हो। लेखक घटनाओं का चयन किसी नीति दर्शन तर्क से प्रभावित करके नहीं करता है। वह गोताखोर की तरह समुद्र में डूब-डूब कर मोती चुनता है। श्रेष्ठ जीवनी लेखक देश, व्यक्ति, घटनाओं को तोड़कर अनुभूतियों के सौन्दर्य में विक्षेपण करता है। विशुद्ध और मापदण्डों के बीच सामंजस्य सन्तुलन प्रणयन करता है।

अपराजय कथा शिल्पी शरत् चन्द्र का जीवन उतार-चढ़ाव से भरा पड़ा था। प्रेम की अनुभूतियों का मनोविज्ञान और अभिव्यक्त का अध्ययन कर लेखक के मन को स्पर्श कर पाना बहुत कठिन है। हम कभी-कभी लेखक के भौतिक पक्ष तक सीमित रह जाते हैं जिससे अर्थ का अनर्थ हो जाता है।

एक संस्मरण है। एक महिला विपदा की मारी भाग रही थी। पीछे कुछ अराजक तत्व उसको दंडित करने के लिए उतावले हो रहे थे। वह आश्रय ढूँढ रही थी। वह शरत् बाबू के कक्ष में प्रवेश कर गयी। उसके रक्षार्थ शरत् बाबू ने कुंडी अंदर से बन्द कर ली। उस भीड़ ने बाहर से कुंडी लगा कर उस लेखक को बदनाम कर दिया। उसने अपने उपन्यासों में उस करुणा को एक पात्र के रूप, सामाजिक दुर्व्यवस्था का वर्णन किया। लेखक किस मनोभाव की पृष्ठभूमि लिखता है, आकलन बड़ा कठिन हो जाता है।

जीवन में कब क्या घटित हो जाये, उसको जानना बड़ा कठिन है।

उत्तर प्रदेश की औद्योगिक राजधानी, भारत का मेनचेस्टर कहा जाने वाला कानपुर अपने आगोश में अनेक कथायें छिपाए बैठा है। डी.ए.वी. डिग्री कॉलेज सिविल लाइन्स में स्थित है। कॉलेज के मुख्यद्वार के ठीक सामने ग्रीन पार्क जहाँ टेस्ट मैच होते हैं, उसी से सटा इन्टरकॉलेज। कॉलेज का हॉस्टल जहाँ दूर-दूर से आये विद्यार्थीगण निवास करते। महाविद्यालय ने आई.ए.एस., पी.सी.एस., आई.पी.एस., पी सी एस जे, एच जे एस, पी.वी.एच., एच. जे. एस. पी. सी. एच. (जे.) प्रोफेसर, साहित्यकार तथा वैज्ञानिक से लेकर प्रधानमंत्री, राष्ट्रपति दिये हैं।

महाविद्यालय में एक से एक विद्वान निष्णात प्रवक्ता, प्राचार्य रहे जिन्होंने मनोयोग से शिक्षण कार्य किया। इसके पीछे किसका हाथ था। स्मृतिशेष वीरेन्द्र स्वरूप जी उ.प्र. विधान परिषद् के अध्यक्ष, जिन्होंने विश्व के मानक शिक्षा शास्त्रियों के सम्मेलन भी कराये।

महाविद्यालय में प्रात: से रात्रि तक कक्षायें लगती थीं। एल. एल. बी. की कक्षायें संध्याकाल से प्रारम्भ होती थीं। डॉ. मुंशीराम शर्मा 'सोम' सिद्धनाथ मिश्र, डॉ. श्यामनारायण पाण्डेय, डॉ. उमा माथुर इसके अतिरिक्त अनेक विशेष प्रतिभा के धनी प्राचार्य रहे हैं। हाँ, एक नाम बहुत महत्त्वपूर्ण है, विद्याधर शर्मा जो वहाँ मुख्य लिपिक के पद पर रहे। साथ में विद्यालय में अनुशासन भी स्थापित किया। उनसे सभी सतर्क रहते थे। उनका स्वभाव नारियल की तरह था, ऊपर जितने कठोर भीतर से उतने कोमल।

कुछ नाम ऐसे हैं, जिन्होंने शिक्षा जगत में कीर्तिमान स्थापित किये हैं- प्राचार्य कालिका प्रसाद भटनागर, एम. ए. पाण्डेय (राजनीति शास्त्र), डॉ. एस. पी. सिंह (अंग्रेजी), डॉ. प्रेमनारायण (हिन्दी) भारत के प्रथम M.A. अयोध्यानाथ शर्मा ने डी.ए.वी. महाविद्यालय में पढ़ाया है।

कानपुर में प्राचीन विद्यालय में क्राइस चर्च कॉलेज रहा है। इसका नाम भी बड़े सम्मान से लिया जा रहा है। यह विद्यालय मालरोड पर स्थित है। हिन्दी में पंडित भूदेव शर्मा, डॉ. जौनेश्वर वर्मा, प्रोफेसर सेवक वात्स्यायन, भौतिक शास्त्र में इन्दु प्रकाश, गणित में निर्विकार शरण इतिहास, प्रो. एस. वी. सिंह, अंग्रेजी में एन. इब्राहिम प्राचार्य राधाकृष्णन के विद्यार्थी जो मद्रास विश्वविद्यालय में रहे। प्रो. लक्ष्मी इतिहास में प्रो. एम. एन. सेन अंग्रेजी में रहे।

यहाँ से अध्ययन करने के बाद केवल भारत में ही नहीं बल्किअन्तर्राष्ट्रीय ख्याति प्राप्त किए कुछ नाम इस प्रकार हैं- रमाकान्त उदभ्रान्त 'कवि', अर्जुन अरोड़ा (सांसद), अभिजीत भट्टाचार्य (गायक), लक्ष्मीनारायण शिक्षक विधायक पी. एन. चतुर्वेदी, ऑडिट जनरल (भारत), सर्वदमन बैनर्जी (फिल्म), अनिल धवन (अभिनेता तथा विवादित फिल्म चेतना के प्रोड्यूसर) आदि हैं। बड़े गौरव की बात है पंडित प्रतापनारायण मिश्र को हिन्दी भाषा का पालन-पोषण करने वाला कहा जाता है। अन्तर्राष्ट्रीय विद्वान बैरिस्टर मोतीलाल नेहरू स्वतंत्रता संग्राम सेनानी ने भी यहां से शिक्षा प्राप्त की। यह विद्यालय अपने आगोश में अनेक ऐतिहासिक कथायें संजोये है।

सीता दोनों ही महाविद्यालय की विद्यार्थी रही है। उसने बहुत कुछ सीखा है। वह टॉपर रही है। स्मरण शक्ति बहुत ही तेज। बौद्धिक तथा शारीरिक रूप से बहुत ही शक्तिशाली। जन्मजात रूपवान, बलवान तथा समय के साथ शारीरिक तथा बौद्धिक प्रशिक्षण, श्रेष्ठ निष्णात गुरुओं के चरणों में बैठकर प्राप्त किया है।

जीवन में तरह-तरह के उतार-चढ़ाव आते हैं। यह स्वभाविक है। भीष्म पितामह कौरव-पाण्डव के आपसी बैर भाव तथा तमाम अनैतिक कार्यो के कारण दुखी हुये और अपनी माता गंगा के पास गया- "माता गंगा में बहुत खिन्न हूँ।"

मां गंगा ने कहा- "पुत्र तुम्हें इच्छामृत्यु का वरदान है न कि इच्छा जीवन का। संसार में आये हो तुम्हें सब कुछ सहन करना पड़ेगा।" यही स्थिति सभी छोटे-बड़े की होती है।

मनुष्य का जन्म उसके वश में नहीं होता है परन्तु अपना जीवन स्वयं उसे जीना पड़ता है।

प्रत्येक लेखक की एक प्रेमिका होती है। पराशर ऋषि मत्स कन्या पर आसक्त हो गए। सुगठित शरीर की धनी श्याम वर्ण आकर्षक मुख वाली कन्या से ऋषि वर ने प्रणय निवेदन किया और सम्भोग की इच्छा व्यक्त की। उसने अपनी दीनता व्यक्त करते हुए कहा- "कहाँ आप, कहाँ मैं!" उन्होंने उसे मत्स दुर्गन्ध से मुक्त कर सुगन्धा बनाया। उसकी सुगंध कई योजन तक फैली रहती थी। सत्यवती और पराशर के संसर्ग से वेद व्यास का जन्म हुआ। वह जन्मदाता सम्पूर्ण ज्ञान के भंडार हो गये।

लेखक भावुक मन का होता है। वह भले ही मांसल सौन्दर्य के कारण वासना की तृप्ति करता है। इसके अतिरिक्त मन से कई रचनाओं को जन्म देता है। इसलिये यह सत्य है जीवन ईश्वर के अधीन होता है।

भगवान व्यास का जन्म शक्ति पुत्र पराशर के द्वारा सत्यवती के गर्भ से यमुना की रेती में हुआ। वह महान लेखक रहे। उन्हीं की रचना महाभारत है।

सीता के जन्म की कहानी कुछ ऐसी ही है। सीता के माता-पिता कौन हैं? जनक पाण्डेय ने तो उसका पालन पोषण किया। वह भी एक लेखक है। उसने उसका लालन-पालन पूरी निष्ठा से किया। उसके लिये उसने बहुत कष्ट झेले परन्तु कभी विचलित नहीं हुआ। उसके मन में भी उसकी प्रेमिका रही होगी।

हर प्रेमी को उसकी प्रेमिका मिल जाये, यह तो आवश्यक नहीं। इतिहास में कई उदाहरण हैं। प्रेमी-प्रेमिका ने एक दूसरे के लिए प्राण त्याग दिये। वासना की भूख मिटाने को यौवन उन्माद में सामाजिक मर्यादाएं तोड़ते हैं और उसका दंड उनके द्वारा जनित सन्तानों को भोगना पड़ता है। इसका उदाहरण है दानवीर कर्ण।

शकन्तुला का पालन-पोषण करने वाले कण्व ऋषि धन्य हैं। उनके आश्रम में रहकर उसने भारतीय संस्कृति का पालन किया। वह अद्वितीय सुन्दरी थी। मेनका-विश्वामित्र को क्या दण्ड मिलना चाहिए? प्रश्न है। इस पर भी चिंतन की आवश्यकता है। इस प्रकार पूरे विश्व में घटनायें मिलती हैं जो चिंता का विषय हैं। बड़े लोग काम पिपासा शांत करने के लिए अनैतिक कार्य करते हैं।

शिक्षा जगत

जनक पाण्डेय के सामने सीता के पालन-पोषण की एक चुनौती थी। उसके घर वाले आस-पड़ोस तथा साथी संगी सभी सीता को पास रखने के विरुद्ध थे परन्तु वह सबका विरोध झेलता रहा। वह उसके भविष्य के लिये सदैव चिन्तित रहता था। ट्यूशन से जो आय होती थी, उसी से स्वयं को तथा घरवालों का व्यय भार उठाता था। अतिरिक्त बोझ सीता का भी आ गया।

सीता की प्रारम्भिक शिक्षा का प्रश्न था। वह स्वयं उसे पढ़ाता था। समय देता था। घरवाले उसको रखने के पक्ष में नहीं थे। उसका मन सदैव बुझा-बुझा सा रहने लगा। ऊपर से हंसता जरूर था परन्तु अंदर से प्रसन्न नहीं था। उसे सीता को देखकर उसको प्रसन्नता मिलती तथा मन आनन्दित हो जाता था। वह बहुत सुन्दर है, हंसमुख भी।

भगवान से प्रार्थना करता, 'प्रभु मार्गदर्शन दो। पथ प्रदर्शन करो, कैसे अपने जीवन को सार्थक बनाऊँ। मेरी अपनी सीता का भविष्य संवारे। जनक राजा थे। उनके पास सब कुछ था परन्तु मेरे पास क्या है? आप जानते हैं। मुझे शक्ति दो। भगवान अपने भक्त की पराकाष्ठा भक्ति से प्रसन्न होकर इच्छित वरदान देता है ऐसा कहा जाता है।'

एक दिन ट्यूशन पढ़ाकर रात 10 बजे आया। सीता सो चुकी थी। उसकी माँ ने कहा आज मंगला आई थी। वह कह रही थी। जनक को भेज देना।

मंगला उसी मोहल्ले में रहती थी। वह एक सैनिक की विधवा थी। उसके पति आर्मी में कैप्टन थे। आतंकवादियों ने उसकी हत्या कर दी थी। वह बहुत कर्मठ महिला थी। उसको भी अपने परिवार से अलग होना पड़ा। उसका एक ही पुत्र था जो कक्षा 9 में पढ़ता था।

मंगला अपने पुत्र विवेक के साथ अपने परिवार से अलग रहती थी। जनक मोहल्ले के नाते उसे भाभी कहता था, इस रिश्ते के कारण हँसी-विनोद होता रहता था। मंगला की उम्र लगभग 35 वर्ष के लगभग थी परन्तु उसका रूप रंग किसी नव यौवना से कम नहीं था। वह जानती थी जनक ट्यूशन पढ़ाता है और उसके पढ़ाये बच्चे प्रथम श्रेणी में उत्तीर्ण होते हैं। वह चाहती थी उसका पुत्र विवेक भी अच्छे नम्बरों से उत्तीर्ण हो। उसका बस एक ही सपना था कि वह भी रक्षा विभाग का अधिकारी बने। कमांडिंगऑफिसर बने। इसके लिए उसे पर्याप्त योग्यता की आवश्यकता होती है। इसलिये

वह जनक से ट्यूशन पढ़वाना चाहती थी। जनक की उम्र 22 वर्ष की थी। वह एम. ए. का छात्र था। उसने B.Sc. P.S.M. ग्रुप से किया था। कई कम्पटीशन में बैठ चुका था परन्तु अभी तक उसका सलेक्शन नहीं हो पाया था। प्रयासरत था। उसके सामने सीता के भविष्य का प्रश्न था। वह सदैव उसको लेकर चिंतित रहता था। सीता की स्मरणशक्ति इतनी तेज थी कि एक पाठन में ही उसे सब कुछ कंठाग्र हो जाता था।

जनक एक सुन्दर, सुडौल, हैंडसम व्यक्ति था। बहु-आयताकार सीना बलिष्ठ भुजायें, बड़ी-बड़ी आकर्षक आँखें, एक सम्पूर्ण पुरुष। कोई भी युवती उसके यौवन से आकर्षित हो सकती थी।

मंगला भी बहुत सुन्दर थी। गेहुंआ रंग कसा हुआ स्वस्थ बदन। आकर्षक मुख मण्डल। बड़ी-बड़ी आँखें, उठे उरोज जैसे जवानी का ज्वार। श्वेत वस्त्र में पवित्रता झलकाती साक्षात परी का स्वरूप।

जनक को सीता की चिंता थी। दूसरी ओर मंगला को अपने विवेक की। वो एक-दूसरे के पूरक बनने वाले थे।

जनक को जब मंगला की सूचना मिली तो सोचने लगा उसने मुझे क्यों बुलाया? पहिले जब कैप्टन राघव थे तब वह बहुत जाता था। उसके बाद वहाँ जाना बन्द कर दिया। विधवा स्त्री के यहाँ अकेले में जाना मर्यादा के विरुद्ध है। इसी धारणा के साथ वह नहीं जाता था। मंगला उससे हँसी-ठिठोली करती रहती पर वह पहिले की तरह व्यवहार नहीं करता था। सामाजिक मर्यादाओं का भी सम्मान करना होता है।

कण्व ऋषि ने शकुन्तला का पालन-पोषण बड़े ही आत्मीय भाव से किया। वह सदैव उसकी मंगल कामना करते। वह आश्रम के कुलपति एवं नैष्ठिक ब्रह्मचारी थे। वह महान तपस्वी तथा त्रिकालदर्शी हैं। इसलिये वे शकुन्तला पर आने वाली विपत्ति का ज्ञान करके उसके निवारणार्थ सोमतीर्थ गये।उन्हें आकाशवाणी से ज्ञात हो जाता है कि शकुन्तला ने दुष्यंत से प्रणय प्रसंग और गन्धर्व विवाह करके गर्भ धारण किया है। उनकी तपस्या में अद्भुत प्रभाव है। उनकी उपस्थिति में राक्षस आदि यज्ञों में विघ्न नहीं कर सकते हैं। सम्पूर्ण तपोवन के प्राणी, यहाँ तक कि अचेत प्राणी भी उनसे प्रभावित हैं। उनके तप के प्रभाव से आश्रम की प्रकृति विशिष्ट पात्र के रूप में चित्रित होकर सर्वथा उचित प्रतीत होती है। तपोवन के वृक्ष शकुन्तला को पतिगृह जाते समय आभूषण एवं रेशमी वस्त्रादि प्रदान करते हैं।

महर्षि कण्व वात्सल्य की सजीव मूर्ति हैं। वे परित्यक्ता शकुन्तला का अपनी पुत्री के समान पालन-पोषण करते हैं। अत: वह उनकी यहाँ पली धर्म पुत्री है। उसके प्रति उनका नि:स्वार्थ अगाध स्नेह है। वह उनके जीवन के सर्वस्व के समान है। एक संन्यासी भी शकुन्तला की विदाई के समय दु:खी हो जाता है। अश्रुपूरित होकर उसे मंगलकामना के साथ विदा करता है।

महान विश्वामित्र तथा परम सुन्दरी मेनका ने शकुन्तला का परित्याग कर दिया। फिर भी वे पूजनीय हैं क्या बात है? ऐसे माता पिता को क्या दंड मिलना चाहिए।

जनक की भी स्थिति कण्व शरीर के समान है। साधन सम्पन्न लोग तो गोद लिये बच्चों का पालन-पोषण कर लेते हैं परन्तु साधन विहीन व्यक्तियों को पालन-पोषण करने में अत्यन्त कठिनाई उठानी पड़ती है।

विदेहराज राजा जनक ने सीता का पालन-पोषण किया तथा विवाह भी खूब धूमधाम से किया परन्तु यह जनक करे तो क्या करे। उसने अपने जीवन का लक्ष्य सीता को योग्य, समर्थवान तथा यशस्वी बनाना ही बना लिया और वह इसमें सफल भी हुआ। इसके पीछे अनेक सवाल छोड़ गया।

धन्य हैं वे जो सभी परिस्थितिजन्य वातावरण में दूसरों के बच्चों को अपने बच्चों से अधिक प्यार देते हैं। सुनामी आई हजारों बच्चे अनाथ हो गये। उनके माता-पिता तथा उनके निकट सम्बन्धियों का पता नहीं चल पाया। ऐसी एक विपदा उत्तरखण्ड में भी घटित हुयी। ऐसी प्राकृतिक आपदायें आईं, सरकार के लाख प्रयास के बाद भी क्षतिपूर्ति नहीं हो सकी। ईश्वर के समक्ष सभी बेबस लाचार होते हैं। आग, पानी, महामारी, प्राकृतिक आपदाओं के अतिरिक्त मानवकृत घटनायें भी वातावरण को दूषित करती हैं।

शिक्षा जगत के क्षेत्र में अनेक परिवर्तन हुये हैं। एक ओर सरकारी विद्यालय तथा दूसरी ओर व्यक्तिगत प्राइवेट कॉलेज हैं। प्राइवेट स्कूल्स में पढ़ना साधारण व्यक्ति की बात नहीं। प्रवेश शुल्क लाखों में, साथ ही वार्षिक फीस बहुत मंहगी।

जनक ने मंगला से मिलने का मन बनाया, सोचा उसने क्यों बुलवाया है? सारा समय दिन का ट्यूशन पढ़ाने में चला जाता। देर रात्रि से आना होता था। उसके ट्यूशन रात के दस बजे तक चलते थे। उसने निश्चय किया कि वह रात का अंतिम ट्यूशन पढ़ाने नहीं जायेगा। वह रात्रि के 9 बजे मंगला के निवास पर गया।

नवम्बर का माह था। गुलाबी सर्दी पड़ने लगी थी। उसने काले रंग का सफारी सूट पहन रखा था। सर्दी के कारण उसने अंदर हॉफ स्वेटर पहना था जिससे उसका वक्षस्थल उभरा हुआ लगता था। हल्की बूंदा-बांदी भी थी। उस दिन सरदी कुछ अधिक बढ़ रही थी। उसके मस्तिष्क में था सीता ने भोजन किया या नहीं। वह सदैव सीता की सुरक्षा तथा खान-पान के लिये चिंतित रहता था। धीरे-धीरे उसके कदम मंगला के घर की ओर बढ़ रहे थे। रात्रि में उसे वहां जाना सामाजिक मर्यादा के विरुद्ध प्रतीत हो रहा था। उसके उपरांत भी समय की विवशता के कारण मिलना उचित समझा। धीरे-धीरे चलते उसके घर के द्वार पर आ गया।

द्वार पर लगी कॉलबैल बजाई। घंटी की आवाज...... ट्रिन ट्रिन....... अंदर गई। कोई प्रतिक्रिया नहीं हुई। सोचने लगा कहीं वह सो तो नहीं गई। पुनः बजायी। घर के अंदर से आवाज़ आई- "आ रही हूँ।"

"जी अच्छा!"

द्वार खुला। मंगला सामने खड़ी थी। उसने हल्के नीले रंग का गाउन पहन रखा था। मुस्कुराते हुये कहा- "क्यों जनक तुझे आज इस समय आने का टाइम मिला है?"

उसने चरण स्पर्श किये और बड़ी शालीनता से विनम्र भाव में कहा- "भाभी आपका संदेश तो दो दिन पहले ही मिल गया था। आने का समय नहीं मिला सो मैं आखिरी ट्यूशन न जाकर यहाँ आ गया। क्षमा करें।"

"कोई बात नहीं, अंदर आओ।"

मंगला ने हाथ से अन्दर आने का संकेत दिया। वह आ गया। द्वार बन्द करके वह अन्दर आंगन में आई। चांदनी का प्रकाश आंगन में आता दिखायी पड़ रहा था।

मंगला ने तेज़ रोशनी का बल्ब जलाया और विवेक को आवाज़ लगायी। कहा- "विवेक देखो जनक मामा आये हैं।"

"हाँ आया!" वह दौड़ कर आया, नमस्ते किया। उसने हाथ से सिर सहलाया, आशीर्वाद दिया। बड़ा ही आत्मीय वातावरण!

ड्राइंग रूम की लाइट जलायी। सभी लोग कक्ष के अन्दर प्रवेश कर गये। मंगला ने बैठने का संकेत किया। जनक ने कहा, "आप भी बैठिये।"

"हाँ बैठती हूँ।" वह विवेक को वहाँ बैठाकर अन्दर जाने लगी।

"भाभी कहाँ जा रही हो? मैं कुछ खाऊँगा-पियूँगा नहीं।"

"इतनी ठंठक हो रही है चाय पियो।"

वह कुछ उत्तर देता....वह किचन में चली गयी।

जनक विवेक से बात करने लगा।

"तुम किस क्लास में पढ़ते हो?"

"मैं कक्षा 9th में पढ़ता हूँ।"

"कौन-कौन से विषय हैं?"

"हिन्दी, अंग्रेजी, गणित, विज्ञान।"

"बहुत अच्छा!"

"कैसी पढ़ाई चल रही है?"

"ठीक चल रही है। मुझे गणित तथा विज्ञान में न्यूमेरिकल में कठिनाई होती है।"

इस बीच ट्रे में चाय-बिस्कुट तथा मीठा लेकर मंगला आ गयी।

"अरे भाभी आप कितना कष्ट उठा रही हैं?"

"अरे चुप... ठंठक में आया है और ढंग के कपड़े भी नहीं पहने हैं।"

"अरे नहीं! मुझे ठंठक नहीं लग रही है।"

वार्ता का क्रम चल उठा।

जनक ने विनम्रता मुस्कराते हुये हंसी विनोद के अन्दाज़ में कहा- "कैसे इस देवर को याद किया।"

"एक लक्ष्मण भाई था वह अपनी भाभी का कितना ध्यान रखता था। एक तू है!"

"भाभी मैं सेवा में उपस्थित हूँ। सेवा का अवसर दो।"

"तुम्हें विवेक को ट्यूशन पढ़ाना है। तुमको फीस मिलेगी। कितनी फीस लोगे और किस टाइम पढ़ायेंगे।"

वह सोचने लगा सन्ध्या 7 बजे के पहले पढ़ाना उचित होगा। अकेले किसी विधवा के घर देर रात्रि जाना मर्यादा के विरुद्ध है। इस प्रकार सोचते हुये कहा- "भाभी मैं सांय 6 से 7 बजे के बीच में पढ़ा दूंगा।"

"ठीक, ट्यूशन फीस कितनी देनी होगी।"

"अरे भाभी, फीस छोड़ो मैं बस पढ़ा दूंगा।"

"ठीक, फीस तो बताओ।"

"छोड़ो ना, जो भी दोगी मैं उसे आशीर्वाद स्वरूप ले लूंगा।"

"भाभी आपको मेरा भी एक काम करना होगा।"

"तेरा क्या काम है ?"

विवेक सब बातें सुन रहा था।

उसने कहा- "विवेक तुम बस्ता यहां ले आओ।"

वह अन्दर बस्ता लेने चला गया।

मंगला ने अपना कोमल हाथ उसके हाथ के ऊपर रखते हुए कहा- "जनक, इसको तू अच्छे से पढ़ा दे। तेरा ये उपकार कभी नहीं भूलूंगी।"

जनक को उसके स्पर्श की अनुभूति हुयी। पूरे शरीर में एक विद्युत की लहर दौड़ गयी। इस क्रिया का अर्थ नहीं लगा सका।

उसने भी उसके हाथ पर हाथ रखकर कहा, "भाभी, मैं इसको अवश्य पढ़ाऊंगा परन्तु आपको भी मेरा एक कार्य करना होगा।"

मंगला का मन आशंका से भर गया। उसने सोचा कि यह कहीं मुझसे शारीरिक सम्बन्ध तो नहीं बनाना चाहता है। अपने को संभाला।

"क्या बोला ?" "भाभी आपसे क्या छिपाऊँ!" उसने सीता के विषय पूरी घटना कह दी।

मंगला ने ठिठोली की, कहा- "अरे, तेरी पैदा की हुई और छिपा रहा है, कहानी गढ़ रहा है।" वह एकदम गंभीर हो गया। दु:खी मन से आंखें डबडबा आयीं- "मैं सीता को कहां छोड़ दूं? आप ही बताओ? मैं उसे नहीं छोड़ सकता। आप ही मेरी मदद कर सकती हैं। मैं इतना चाहता हूँ कि दिन में उसे अपने पास रखो। मैं शाम को ट्यूशन पढ़ाने के बाद ले जाया करूंगा।"

मंगला ऊहापोह में पड़ गयी। मुझे कुछ सोचने दो। मेरे विषय में लोग क्या सोचेंगे! "जनक, तुम कल आओ, मैं बतलाती हूँ।"

"भाभी मैं उसे ट्यूशन पढ़ाऊंगा तथा इसके अतिरिक्त सुदामा के चावल की तरह धनराशि भी दूंगा।"

"बस-बस तू रहने दे। तू बहुत बोलता है। मैं तेरे इस नेक काम में सहयोगी बनूंगी। उसको मैंने देखा है। वह फूल-सी बच्ची मुझे बहुत प्यारी लगी।"

"तो भाभी कल मैं शाम को उसे लेता आऊंगा। उसे अपनी तरह सशक्त बनाओ।"

"मैं तुम्हारी मनोदशा समझती हूँ। मैं तुम्हारे साथ पूरी तरह हूँ। माँ दुर्गा सब अच्छा करेगी।" जनक को बहुत अच्छा लगा। ईश्वर को उसने धन्यवाद कहा। मायापति तेरी माया तू ही जाने।

"भाभी को कोटिशः धन्यवाद!" उसने प्रसन्नता व्यक्त करते हुये चरणों में सृष्टांग प्रणाम किया।"

"अरे, उठो, यह क्या कर रहे हो?" इसी बीच विवेक बस्ता लेकर आ गया। उसने पूछा- "मामा ये क्या कर रहे हैं?"

"ये मुझे प्रणाम कर रहे हैं। ऐसे भी प्रणाम किया जाता है।"

"उठो, सदा सुखी रहो। अपने उद्देश्य में सफल हो।"

जनक को लगा मां सीता ने हनुमान जी को ऐसे ही आशीर्वाद दिया होगा।

भाभी मां के समान होती है, देवर बेटे के समान। दु:ख-सुख में दोनों एक-दूसरे के सहायक हों तो कठिन विषम परिस्थितियों में वे एक-दूसरे को बेझिझक अपनी समस्या कहते हैं और हल भी ढूंढ लेते हैं।

आज के समय में सम्बन्धों को निष्ठापूर्वक निर्वहन करने पर प्रश्न चिह्न खड़े हो रहे हैं। दूसरी ओर आज भी कुछ लोग सम्बन्धों का सम्मान करते हैं, जिसके लिये वह सर्वस्य बलिदान कर देते हैं। यद्यपि यह भी सत्य है। भोगवादी संस्कृति बढ़ रही है परन्तु आज भी संयम तथा त्याग की मूर्तियां हैं जो विश्व को आलोकित कर रही हैं।

शिक्षा के क्षेत्र में कई पड़ाव आये। अनेकानेक परिवर्तन हुये। अध्ययन किये जाने पर शिक्षा जगत के रूप अनेक प्रकार के पाये जाते हैं। पहिले समय में शिक्षा का उद्देश्य बहुआयामी था। आध्यात्मिक शिक्षा पर बल दिया जाता था। आज की शिक्षा जीवकोपार्जन हेतु है। मुगल काल के पहिले और बाद में तथा अंग्रेजों के शासनकाल में शिक्षा के विभिन्न रूप देखने को मिलते हैं।

शिक्षा का स्वरूप देश, काल, परिस्थितियों के अनुसार परिवर्तनशील है। सत्य की खोज भी शिक्षा का विषय रहा है। हिन्दुत्व का स्वभाव है कि वह जितना ही परिवर्तित होता है, उतना ही अपने मूल स्वरूप के अधिक समीप पहुंच जाता है।

शिक्षा में संस्कृति तथा सभ्यता का मिश्रित रूप होता है। शिक्षा का एक मनोविज्ञान होता है। समय-समय पर ऋषि-मुनि, आचार्य तथा मनीषियों ने समय के अनुसार शिक्षा जगत में अनेकानेक परिवर्तन किये।

आज से तीन हज़ार वर्ष पूर्व भारतीय संस्कृति का रूप जैसा था, आज भी मूलत: वह वैसा ही है। मिस्र, बेबिलोन और यूनान में भी प्राचीन सभ्यताऐं उठी थीं किंतु काल ने उन्हें ध्वस्त कर दिया। केवल भारत ही एक ऐसा देश है जिसका अतीत कभी मरा नहीं। बराबर वर्तमान के रथ पर चढ़कर भविष्य की ओर चलता रहा। भारत का अतीत कल भी जीवित था, आज भी जीवित है और कदाचित आगे भी जीवित रहेगा।

भारत में वैदिककालीन, बौद्धकालीन, जैनीय, मुग़लकालीन, ब्रिटिशकालीन तथा स्वतंत्रता के बाद शिक्षा की दशा, दिशा और वर्तमान पर जनक पाण्डेय चिंतन कर रहा था। परिस्थितियां व्यक्ति को कितना विवश करती हैं। समर्थवान, निष्ठावान, परिश्रमी, आचार्य तथा शोधकर्ता शासन सत्ता की उचित-अनुचित विचारधारा को मानने के लिये विवश होते हैं।

वर्तमान में शिक्षा जगत से जो लोग जुड़े हैं उनमें सरकार, व्यक्तिगत प्रबन्धक, शिक्षक हैं। अधिकांश लोग भ्रष्टाचार में कंठ तक डूबे हैं। भौतिकवादिता, भोगवादी संस्कृति उन पर हावी है जो देश को अंदर से खोखला कर रही है। देश का मूल शिक्षा ही है जो प्रगति तथा उन्नति का मार्ग प्रशस्त करती है।

नंदवंश के समय शिक्षा शासन सत्ता की गुलाम थी। शिक्षण संस्थायें राजाओं का जयघोष करती थीं। उस समय राष्ट्रभक्ति नहीं, केवल राजभक्ति थी। अन्याय के विरुद्ध एक महानायक सामने आया। विष्णु गुप्त शर्मा, चाणक्य उसने अपने शिक्षण कौशल से राजसत्ता को चुनौती दी और विदेशी ताकतों को रोका तथा भारत को एक सूत्र में बांधा, इतिहास साक्षी है।

जनक पाण्डेय वर्तमान शिक्षा प्रणाली से सन्तुष्ट नहीं था। सरकार की नीतियां तथा शिक्षा जगत में फैले भ्रष्टाचार को उद्घटित करने का प्रयास कर रहा था। वह स्वभाव से क्रांतिकारी विचारधारक रहा है। शिक्षा जगत की दूषित प्रणाली को ठीक करना चाहता था। वह केवल कण्व ऋषि ही नहीं, सैन्य संचालन करने वाले अगस्त्स्य ऋषि भी बनना चाहता था।

लोकनायक जयप्रकाश नारायण शिक्षण संस्थाओं के शिक्षक तथा विद्यार्थियों को लेकर परिवर्तन करने में सफल तो रहे परन्तु एक आदर्श व्यवस्था नहीं दे सके।

मंगला भी एक सैनिक पत्नी थी। वह संयमी, साहसी तथा मर्यादित संभ्रान्त महिला थी। उसने जनक के प्रस्ताव के अनुसार सीता को अपने पास दिन में रखने के लिये सहमति व्यक्त की। वह धन्य हो गया। अच्छे कार्यों पर भी लोग टीका-टिप्पणी करते हैं। जनक और मंगला को लेकर मुहल्ले में चर्चाएं होने लगीं।

जनक ने विवाह से मना कर दिया तथा उसके जीवन का एक ही उद्देश्य था- सीता का पालन-पोषण तथा उसे सशक्त समर्थवान बनाना।

सीता में जन्मजात ही बहुत सी विशेषतायें थीं। वह सुन्दर तो थी ही, साथ कुशाग्र बुद्धि भी। एक बार में ही विषय को कंठाग्र कर लेती थी। उसकी स्मरण शक्ति बहुत ही तीव्र थी। शरीर से भी हृष्टपुष्ट थी। खेल के मैदान में अपना जौहर कई बार दिखा चुकी थी।

विवेक भी पढ़ने में ठीक था। जनक के ट्यूशन पढ़ाने से उसमें निखार आ गया। षटमासिक परीक्षा में कक्षा में प्रथम रहा तथा स्कॉलरशिप मिलने लगी। मंगला जनक से पूर्ण सन्तुष्ट थी और वह शुभ की कामना करने लगी। जब किसी महिला का बेटा कुछ अच्छा करता है, उसके पीछे जिसका हाथ होता है, स्वाभाविक रूप से उसे चाहने लगती है। यह स्वाभाविक भी है। ऐसा कुछ यहां पर भी घटित हुआ।

रात के 8 बजे थे। दिसम्बर का महीना था। सर्दी पड़ रही थी। जनक विवेक को ट्यूशन पढ़ाने तथा सीता को लेने के लिए मंगला के घर गया। जब वहां जाता था उसका मन बड़ा प्रसन्न रहता था। सीता की समस्या का हल तथा मंगला से अपनी बात कहकर मन हल्का हो जाता। वह अपने साथ विवेक के लिये वूलन ब्लेजर लेकर आया था क्योंकि वह परीक्षा में प्रथम आया था।

कॉलबेल दबाई, ध्वनि अंदर गयी, विवेक चिल्लाया, "मामा आ गये।" गेट खोला, नमस्ते किया और अंदर आ गये।

सीता मंगला के साथ खेल रही थी। जनक बाहर वाले कमरे में बैठ गया। विवेक ने हीटर ऑन किया। अन्दर जाकर कहा, "मामा आये हैं।"

"अच्छा ठीक है, मैं आती हूँ।"

सीता भागती हुयी आई, कहा- "आज मैंने बुआ से चित्र बनाना सीख लिया।"

"बुआ कहाँ हैं?"

"वह किचन में हैं।"

"वहां क्या कर रही हैं?"

"चाय बना रही हैं।"

"विवेक, मम्मी से कहो, वह यहां आयें।"

मंगला ने किचन से ही कहा, "मैं अभी आ रही हूँ।"

सीता शरारत में तकिया उछालने लगी।

"सीता, नहीं बेटा, विवेक! इसे तुम रोकते नहीं?"

'अरे नहीं, इसको रोको तो गुस्सा हो जाती है। कहती है मैं कभी नहीं बोलूंगी। सीता बेटा तुम्हारी शरारतें बढ़ती जा रही हैं।"

मंगला चाय की ट्रे लेकर अंदर आ गयी।

ट्रे में मीठा भी था।

"इसकी क्या जरूरत थी?"

"आपका शिष्य कक्षा में प्रथम आया है इसलिये मुंह मीठा करा रही हूँ।"

"देखो... फाइनल में भी टॉप करेगा।"

टेबल पर ट्रे रखकर चाय जनक को दी।

जनक को चाय देते समय साड़ी का पल्लू नीचे खिसक गया। उसके कसे हुये उरोज दिखने लगे। दोनों उरोजों के बीच के गहरेपन से कामुकता परिलक्षित होने लगी।

जनक ने देखा उसके पूरे बदन में विद्युत तरंग सी दौड़ गयी।

उसने अपने आपको संभाला और मन ही मन अपना ध्यान आराध्य देवता पर लगाया। उसने भी सावधान होकर साड़ी का पल्ला ठीक कर लिया। स्थिति सामान्य हो गयी। मन को मस्तिष्क से नियंत्रण करना होता है।

उसने सीता से कहा, "बेटा, यह ब्लेजर विवेक को दो।" उसने ब्लेजर लेकर उपहार स्वरूप, विवेक को दिया। उसने लेकर थैंक्यू कहा।

सीता ने कहा, "मोस्ट वैलकम"

बहुत अच्छा वातावरण!

मंगला अंदर गयी। एक स्वेटर जो उसने जनक के लिए बुना था, उसे जनक को दिया।

"इसकी क्या जरूरत थी।"

"ठंड बढ़ गयी है, यह जरूरी था।"

ट्यूशन फीस का लिफाफा मंगला ने जनक के हाथ में रखा।

उसने माथे से लगाया और हाथ जोड़ते हुये कहा- "आप मुझे इस तरह शर्मिन्दा न करें।"

लिफाफा पुन: वापस कर दिया।

"मैं आपके प्रति कृतज्ञ ज्ञापित करता हूँ। आप सीता का इतना ध्यान रखती हैं।"

मंगला की आंखें डबडबा आयीं, "सीता तो मेरे हृदय का टुकड़ा बन गयी। मैंने क्या पुण्य किया था कि मुझे एक बेटे के साथ एक बेटी भी मिल गयी।"

जनक ने कहा- "आज दुनिया, भाभी आप जैसे लोगों के कारण टिकी है। निश्छल प्रेम की यह कहानी है। किसी उपकार को पैसों से नहीं तौला जा सकता है।"

समय की गति

काल सदैव निरन्तर चलता रहता है, जिसका न आदि है और न अंत। यह अनादिकाल से चला आ रहा हे। समयकाल के परिवर्तन से व्यक्ति के विचारों में परिवर्तन होता है। मनुष्य ईश्वर के हाथ का खिलौना है। स्वयं चाह कर भी कभी कुछ नहीं कर पाता है। संत तुलसी ने रामचरित मानस में लिखा है-

उमा दरु जोषित की नाई।
सभी नचावत राम गोसांई।।

वेद उपनिषद तथा अन्य धार्मिक ग्रन्थ भी समय, देश, काल के अनुसार लिखे गये हैं। जब कोई घटना घटित होती है, वह चाहे जैसे हो, अच्छी हो या बुरी हो, आनंददायक हो या पीड़ा देने वाली, प्रश्न आता है, ऐसा क्यों होता है?

ये कहा जाता है Every why? is no answer. परिस्थितियां ही प्रगति की ओर ले जाती हैं।

जनक पाण्डेय की जीवन-दशा ही सीता ने बदल दी। वह उसको पाकर अपने को धन्य समझने लगा, और उसने उसे ईश्वर का वरदान समझा। अनेकानेक कठिनाइयों का सामना करने को तैयार हो गया। वह उसकी ताकत बन गयी। वह उसे अपने प्राणों से अधिक चाहने लगा। लोक निन्दा की परवाह किये बिना कर्त्तव्य पथ पर चल पड़ा। यह भी सत्य है कुछ पाने के लिये कुछ त्यागना पड़ता है। उसका एक सपना-मेरी पोषिता बेटी सर्वगुण सम्पन्न हो, देश-दुनिया में नाम करे। इसीलिये वह अपनी पूरी क्षमता से उसके पालन-पोषण में निष्ठा से लग गया। उसने अपनी सभी वासनाओं का त्याग कर दिया।

सीता के कारण, मंगला तथा विवेक को अपने परिवार का हिस्सा समझने लगा। मंगला तथा विवेक भी सीता के कारण जनक को देवदूत समझने लगे। वे सभी आपस में एक-दूसरे के हृदय से जुड़ गये।

समाज ने कई प्रश्न उठाये, सीता कौन है? किसकी सन्तान है? किस जाति की है? नाजायज़ संतान है, क्यों न इसे अनाथालय भेज दिया जाये, आदि-आदि जो जनक को आहत करते थे परन्तु उसके उपरान्त वह सीता को दैवीय शक्ति मानकर उस पर सर्वस्व लुटा देना चाहता है।

सीता पांच साल की हो गयी और विवेक 13 साल का। दोनों में बहुत गहरी दोस्ती हो गयी। सब लोग भाई-बहिन समझने लगे। सीता पूर्ण स्वस्थ, हष्ट-पुष्ट, स्फूर्ति उसकी देखने लायक होती और विवेक हष्ट-पुष्ट तथा शांत स्वभाव का था।

सीता तथा विवेक दोनों ही पढ़ाई में टॉपर बन गये। जहां जाते वे दोनों अपनी छाप छोड़ देते। जनक ट्यूशन से प्राप्त सीमित धन सीता के भरण-पोषण में लगाने लगा।

बहुत से युद्ध महिला अपमान के कारण हुये। प्रारम्भ से आज तक महिलाओं के प्रति दुर्व्यव्हार की अनेक कथायें इतिहास के पन्नों में भरी पड़ी हैं।

स्त्री को वस्तु समझा जाता है परन्तु ऐसे भी समर्थवान पुरुष रहे जिन्होंने नारी सम्मान की रक्षा की। राम ने मां सीता के लिये युद्ध किया, रावण पर विजय पाई। इस अवधि में सीता को घोर कष्ट उठाना पड़ा और तो और, राम ने अग्नि परीक्षा ली तथा अयोध्यावासियों ने भी अपमानित किया।

रात के 11 बजे थे। जनक अपने कमरे में बेड पर बैठा था। पास में सीता लेटी थी। वह सो चुकी थी। जनक ने लोरी सुनाकर सुला दिया।

सूरज चाँद सितारे परियां लाये

घर आंगन भरा रोशनी से

तेरी खातिर खेल खिलौना लाये

मीठी-मीठी निंदिया आयी

अब परी देश में खेलो

मेरी प्राणों से ज्यादा प्यारी

मन उपवन की सुन्दर क्यारी

परियों संग तुम खेलो

अब मुझ को लिखना

प्यारी-प्यारी एक कहानी

सो जाओ मेरी बिटिया रानी!

वह सुनते-सुनते नींद में चली गयी। अचानक बलात्कार, क्रूर हत्याओं के समाचारों को पढ़ते-पढ़ते आक्रोशित हो उठा। होंठ कांपने लगे, आंख लाल हो गयी और बार-बार सीता की चिंता होने लगी। देश-दुनिया का लॉ एण्ड ऑर्डर बिगड़ चुका है।

उस समय जनक के सामने कौरव-सभा में द्रौपदी का दृश्य आ गया।

आज देश-दुनिया, शासन-प्रशासन आंख बन्द किये- स्त्रियों, बालकों तथा निर्दोषों पर होते हुए अत्याचारों को देख रहा है और मौन रूप से सरकार कुछ समर्थन भी कर रही है। आतंकवादी संगठनों को अपने निजी स्वार्थ के लिये सरकारें समर्थन दे रही हैं।

द्वापर में द्रौपदी के साथ जो घटा, वह अत्यन्त निन्दनीय है। पांच पति होते हुये उसे कौरवों की सभा में अपमानित होना पड़ा।

जब दुर्योधन ने विदुर जी को पुकार कर कहा- 'विदुर! तुम यहां आओ। तुम जाकर पाण्डवों की प्रियतमा सुन्दरी द्रौपदी को शीघ्र ले आओ। वह अभागिनी यहां आकर हमारे महल में झाड़ू लगावे और दासियों के साथ रहे।'

विदुर ने कहा- 'मूर्ख ! तुझे पता नहीं है कि तू फांसी में लटक रहा है और मरने वाला है। तभी तो तेरे मुंह से ऐसी बात निकल रही है। तू इन पाण्डव सिंहों को क्यों क्रोधित कर रहा है? तेरे सिर पर विषैले सांप फन फैलाकर फुंफकार रहे हैं। तू उनसे छेड़खानी करने मत जा।'

'देख, द्रौपदी कभी दासी नहीं हो सकती। युधिष्ठिर ने अनाधिकार उसे दांव पर लगाया है। सभासदों! जब बाँस का नाश होने पर होता है, तब उसमें फल लगते हैं। मतवाले दुर्योधन जड़ मूल से नष्ट होने के लिये ही जुए के खेल से घोर बैर और महाभय की सृष्टि की है। मरणासन्न पुरुष को हिताहित का ज्ञान नहीं होता। किसी को मर्मवेधी पीड़ा नहीं पहुंचानी चाहिए। कठोर और उद्वेगकारी वचन का प्रयोग नहीं करना चाहिए। ये सब अधो:पतन हेतु है। कड़वी बात निकलती तो मुंह से है पर जिसके लिये निकलती है, उसके मर्मस्थान में चुभकर रात-दिन विह्वल किया करती है। इसलिये ऐसा कभी नहीं करना चाहिए। धृतराष्ट्र बड़े भयंकर और विकट संकट के निकट पहुँच गया है। दु:शासन आदि भी इसकी हाँ में हाँ मिलाते हैं। चाहे तूंबा जल में डूब जाये, पत्थर तैरने लगे, परन्तु यह मूर्ख मेरी हितकारी बात नहीं मानेगा। यह मित्रों की श्रेष्ठ और हितकारी बात नहीं सुनता। इसका लोभ बढ़ता जा रहा है। इससे निश्चय होता है कि शीघ्र ही कौरवों के सर्वस्वनाश से भयंकर विध्वंस होगा।

अब मदान्ध दुर्योधन ने विदुर को धिक्कार कर भरी सभा में दासी से कहा- 'तुम इसी समय प्रातिकामी जाकर द्रौपदी को ले आओ। पाण्डवों से डरने की कोई बात नहीं है।' प्रतिकामी दुर्योधन की आज्ञानुसार द्रौपदी के पास गया और कहा, 'सम्राज्ञी! सम्राट युधिष्ठिर जुए में सब धन हार गये। जब दांव लगाने को कुछ न रहा तब भाइयों को, अपने को और अन्त में आपको भी हार गये।अब आप दुर्योधन की जीती हुयी वस्तु हैं। आपको लाने के लिये उन्होंने मुझे भेजा है। जान पड़ता है कौरवों का नाश निकट आया है।'

द्रौपदी ने कहा- 'सुन पुत्र! अवश्य विधाता का यही विधान है। बालक-वृद्ध सभी पर सुख-दु:ख पड़ते ही हैं। जगत में धर्म सबसे बड़ी वस्तु है। यदि हम दृढ़ता से धर्म पर आरूढ़ रहे तो हमारी रक्षा करेगा। तुम सभा में जाओ और वहां के धर्मात्माओं से पूछो कि ऐसे अवसर पर मुझे क्या करना चाहिए? मैं धर्म का उल्लंघन नहीं करना चाहती।' द्रौपदी की बात सुनकर प्रातिकामी सभा में लौट आया और सभासदों से पूछा कि द्रौपदी को क्या उत्तर दें। उस समय सभासदों ने अपना मुंह नीचे कर लिया। दुर्योधन की हठ जानकर किसी ने कुछ उत्तर नहीं दिया। पाण्डव उस समय बड़े दु:खी और दीन थे। वे सत्य से बंधे होने के कारण क्या करना चाहिए, इसका उचित निर्णय लेने में असमर्थ थे। पाण्डवों की खिन्नता से लाभ उठाकर दुर्योधन ने कहा- 'प्रातिकामी जा, तू द्रौपदी को यहां ले आ। उसके प्रश्न का उत्तर यहां दे दिया जायेगा।'

प्रातिकामी द्रौपदी के क्रोध से डरता था। उसने दुर्योधन की बात टालकर सभासदों से फिर पूछा कि द्रौपदी से क्या कहूं?

दुर्योधन को यह बात बहुत बुरी लगी। उसने प्रतिकामी की ओर कठोर दृष्टि से देखकर अपने छोटे भाई दु:शासन से कहा- 'भाई, यह क्षुद्र प्रतिलामी भीम से डर रहा है। इसलिये तुम स्वयं जाकर द्रौपदी को पकड़ लाओ। ये हारे हुये पाण्डव तुम्हारा कुछ भी नहीं बिगाड़ सकते।'

बड़े भाई की आज्ञा सुनते ही दु:शासन ने लाल-लाल नेत्र किये, वहां से चल पड़ा और पाण्डवों के निवास स्थान पर जाकर द्रौपदी से बोला- 'कृष्णा, चल तुझे हमने जीत लिया है। अब लज्जा छोड़कर दुर्योधन को देख सुन्दरी। हमने धर्मत: तुझे पा लिया है। दु:शासन की बात सुनकर द्रौपदी का मन दु:ख से भर आया। मुंह मलिन हो गया। वह आर्तभाव से मुंह ढककर धृतराष्ट्र के निवास की ओर भागी। पापी दु:शासन ने क्रोध से भर कर उसे डाँटा और पीछे से दौड़ कर महारानी द्रौपदी के काले-काले घुंघराले और लम्बे बालों को पकड़ लिया। हाय-हाय अभी ये बाल कुछ ही दिनों पहिले राजसूय यज्ञ में अवग्रथ स्नान के समय मन्त्र पूतजल से सींचे गये थे। दुरात्मा दु:शासन पाण्डवों का तिरस्कार करने के लिये आज उन्हीं बालों को बलपूर्वक पकड़ कर द्रौपदी को अनाथ के समान घसीटता चला जा रहा था। द्रौपदी का रोम-रोम कांप रहा था। वह खिंचती चली जा रही थी।

द्रौपदी ने धीरे से कहा, 'अरे मूर्ख दुरात्मा दु:शासन, मैं रजस्वला हूँ एक ही वस्त्र पहिने हूँ। ऐसी अवस्था में मुझे वहाँ ले जाना अनुचित है।'

दु:शासन ने द्रौपदी की बात पर ध्यान न देते हुए केशों को और भी ज़ोर से पकड़ कर कहा- द्रुपद बेटी, तू रजस्वला हो या एक वस्त्रा, भले ही तू नंगी हो, हमने तुझे जुए में जीता है। तू हमारी दासी है। अब तुझे नीचे स्त्रियों के समान हमारी दासियों में रहना पड़ेगा। द्रौपदी को सभा में घसीट लाया। उस समय पाण्डवों को जैसा दु:ख हुआ, वैसा सम्पूर्ण राज्य धर्म और श्रेष्ठ रत्नों के छिन जाने पर भी नहीं हुआ था। पाण्डवों की ओर देखते देखकर दु:शासन ने और भी जोर से द्रौपदी को घसीटा और कहा, 'ओ दासी! ओ दासी!' कहकर ठहाके मारकर हंसने लगा। कर्ण ने प्रसन्नता से उसकी बात का समर्थन किया और शकुनि ने उसकी प्रशंसा की। इन तीनों के अतिरिक्त सभी सभासद यह क्रूर कर्म देखकर अत्यन्त दु:खी हुए।

द्रौपदी ने कहा, इन छली पापात्माओं ने धूर्तता से धर्मराज को जुआ खेलने के लिये तैयार कर लिया और छल से उन्हें और उनके सर्वस्व को जीत लिया। उन्होंने पहिले भाइयों, फिर अपने को हार कर तब मुझे दांव पर लगाया है। मैं यह जानना चाहती हूँ कि धर्म के अनुसार उन्हें मुझे दांव पर लगाने का अधिकार था या नहीं। यहां सभा में अनेकों कुरूवंशी बैठे हैं। वे मेरे प्रश्न पर विचार करके ठीक-ठीक उत्तर दें। पाण्डवों का दु:ख और द्रौपदी की विवशता देखकर धृतराष्ट्र नंदन विकर्ण ने कहा- 'द्रौपदी के प्रश्न के सम्बन्ध में हम सभी लोगों को ठीक-ठीक विचार करके उत्तर देना चाहिए। इसमें त्रुटि होने पर हमें नरकगामी होना पड़ेगा।' भीष्म पितामह, पिता धृतराष्ट्र और महामति विदुरजी इस विषय में परामर्श कर उत्तर क्यों नहीं दे रहे हैं? आचार्य द्रौण कृपाचार्य क्यों चुप हैं? ये राजा राग-द्वेष छोड़ कर क्यों नहीं इस प्रश्न का निर्णय नहीं करते? आप लोग पतिव्रता द्रौपदी पर विचार कर अपना-अपना मत प्रकट कीजिए।

इस प्रकार विकर्ण के बार-बार कहने पर किसी ने कोई उत्तर नहीं दिया।

बड़े-बड़े विद्वान मौन दिखे। यही दशा आज स्त्रियों की हो रही है। बलात्कार, हिंसा, ठगी, अत्याचार तथा अनाचार हो रहे हैं। शासन या तो मौन है या इन अत्याचारियों का साथ दे रहा है। आज स्त्रियों में आक्रोश तो है परन्तु खुल कर नहीं आ रही हैं। द्वापर में भगवान कृष्ण ने द्रौपदी की जान बचाई थी परन्तु आज भी स्त्रियां कृष्ण की प्रतीक्षा में हैं।

त्रेता युग में जायें तो सीता की भी यह स्थिति थी। सीता ने अपनी शक्तियों का प्रयोग कुछ मर्यादाओं के कारण नहीं किया। वह ऐसे रावणों को क्षण मात्र में नष्ट करने की क्षमता रखती थी।

मां बेंटों को जन्म दे सकती है, सर्व कल्याण कर सकती है परन्तु वही महाकाली का रूप भी ले सकती है।

जब अत्याचार की पराकाष्ठा होती तो निश्चित कोई दैवीय शक्ति जन्म लेती है और नकारात्मक तत्वों को नष्ट करती है और एक सुन्दर व्यवस्था देती है।

जनक पाण्डेय की पोषिता सीता में विलक्षण प्रतिभा है। वह कुछ भी कर सकती है। वह स्वयं नहीं जानती है कि वह किसकी सन्तान है? कौन उसके माता-पिता हैं? मनुष्य विधाता के हाथों का खिलौना है। इन्हीं परिस्थितियों ने सीता को महाकाली बनने पर विवश किया। वह अपने पोषिता पिता को सर्वस्व मानती थी। वह उसके पिता, माता, भाई, मित्र तथा शिक्षक थे।

जनक की कार्यशैली, सोचने का तरीका बिल्कुल अलग था। आर्थिक तंगी के बाद भी जनक ने सीता को एम.एस.सी. तक पढ़ाया। वह एक बार पढ़कर कंठाग्र कर लेती। कॉलेज में उसकी पहिचान सबसे अलग थी। उससे सारे बदमाश टाईप के लोग भयभीत रहते थे।

राजा नाम के लड़के ने महाविद्यालय में प्रवेश लिया। उसकी बदमाशी दिन पर दिन बढ़ती जा रही थी। किसी को पीट देना, गाली-गलौच करना आम बात थी।

कॉलेज प्रिंसिपल तथा प्रोफेसर भी उसके अभद्र व्यवहार से तंग आ चुके थे। किसी में साहस नहीं था कि उससे कुछ कहे। वह शरीर से भी हृष्ट-पुष्ट कसरती जवान था।

दिन के 1 बजे प्रोफेसर सिन्हा क्लास लेने के बाद कॉलेज के गेट के पास पहुंचे ही थे। राजा ने उनसे बदला लेने का मौका ढूंढ रखा था। राजा की हरकतों की वजह से प्रो. सिन्हा ने उसे क्लास से बाहर निकाल दिया था।

सीता उसी समय कॉलेज गेट से प्रवेश कर रही थी। उसी समय राजा अपने साथियों के साथ हॉकी लेकर प्रोफेसर सिन्हा को मारने के लिये तैय्यार खड़ा था। राजा के पिता पुलिस में बड़े अफसर थे। इस घमण्ड में वह हमेशा रहता।

सीता को वहां का वातावरण समझने में बिल्कुल देर नहीं लगी। वह डरती बिल्कुल नहीं थी। प्रोफेसर सिन्हा के साथ चल रहे विद्यार्थीगण और प्रोफेसर अलग हट गये। सब राजा से डरते थे। राजा को बहुत घमण्ड था लेकिन आज उसका किससे पाला पड़ेगा उसे मालूम नहीं था।

राजा ने प्रोफेसर सिन्हा पर मारने के लिये हाथ उठाया ही था, अचानक उसका हाथ किसी एक झटके ने बेकार कर दिया। वह कराहने लगा। उसके साथी आगे बढ़ते, उसके पहले सीता के पैरों की मार को झेल नहीं पाये। राजा को अस्पताल में भरती कराया गया। पता लगा हाथ में फ्रैक्चर हो गया।

अगले दिन प्रिंसिपल से कम्पलेंट हुयी। F.I.R. सीता के खिलाफ लिखाई गयी। उल्टा चोर कोतवाल को डांटे वाली स्थिति हो गयी।

वहां के प्रधान लिपिक शर्मा जी जो विद्यालय के सर्वेसर्वा थे, उनसे कुछ भी छिपा नहीं था। उन्होंने पूरी घटना की जांच कराई। सीता को निर्दोष पाया। साथ ही शिक्षक की रक्षा के लिये सराहा।

षड्यंत्र के तहत Arrest Warrent जारी हो गया। उसमें महाविद्यालय भी कुछ नहीं कर सकता था। सीता भी साहसी थी। संघर्ष करना जानती थी। जब समाचार-पत्रों में प्रकाशित हुआ, संयोग से एक सहेली के पिताजी जज थे। उस सहेली के जान-माल, अस्मिता की रक्षा सीता ने की थी। उस सहेली ने अपने पिता से पूरी घटना बताई। जिला जज ने संज्ञान लेते हुये अविलम्ब जांच करा F.I.R. निरस्त कर दी तथा राजा के विरुद्ध कार्यवाही के निर्देश दे दिये।

प्रोफेसर सिन्हा ने पूरी घटना प्रिंसिपल को बताई। दूसरी ओर राजा के पिता पुलिस अफसर होने के साथ शहर के बड़े डॉन भी थे। हर तरह काले धंधे करने वालों का साथ देते थे। वह भी सीता को नुकसान पहुँचाने की सोचा करते।

अब प्रश्न यह आया कि अकेली 19 वर्ष की छात्रा 8 गुडों पर भारी कैसे पड़ी। सब चुटहिल होकर घायल हो गये। राजा की हालत बहुत खराब हो गयी।

सीता को खरोंच तक नहीं आई। प्रोफेसर सिन्हा को वे लोग इतने खूंखार होते हुये भी छू नहीं पाये।

सीता के पोषित पिता जनक बहुत परेशान हो गये लेकिन सब ठीक हो गया। जनक के प्राण सीता में बसते थे। उसने उसे बहुत समझाया। प्रभु से प्रार्थना की।

विवेक का NDA के माध्यम से सलेक्शन होकर लेफ्टिनेंट हो गया और उसकी पोस्टिंग कश्मीर में हो गयी। इधर सीता कॉलेज के बाद तीन घंटे कहाँ रहती, कोई नहीं जानता है।

विवेक जब लौटा तो सीता को उसकी चिंता हुयी। दोनों में आपस का प्रेम भाई-बहन का था। सीता हमेशा उसको साहस बंधाती तथा युद्ध का हर पैंतरा बताती। कई बार उसने विवेक की रक्षा की। जबकि वह विवेक से कई साल छोटी थी।

3

विवेक उसके कॉलेज गया तो उसकी कई कहानियां उसको सुनने को मिली। मिलिट्री अफसर होने के नाते वह पता लगाना चाहता था कि सीता तीन घंटे कहाँ रहती है।

विवेक ने सीता के कंधे पर थपथपाने के लिये हाथ रखा तो उसे लगा, उसने लोहे के बने खिलौने पर हाथ रखा। उसका दिमाग ठनका। यह कोई प्रशिक्षण प्राप्त कर चुकी है और कर रही है। उसने अनुमान लगाया इसने कमांडो की ट्रेनिंग पूरी कर ली है।

जाड़ों की रात के 7 बजे थे। जनक मंगला के यहां आ चुका था। सीता और विवेक लौटे नहीं थे। मंगला चिंतित थी। उसने जनक से कहा, "देखो, ये लोग कहाँ हैं। मुझे चिंता हो रही है। मोबाइल भी नहीं उठा रहे हैं। विवेक तो बड़ा है। उसे तो ध्यान रखना चाहिए।" जनक ने कहा, "अब कोई बच्चे तो हैं नहीं, आ जायेंगे।"

"कितनी घटनायें घट रही हैं। कब क्या हो जाये? पूरा कानपुर शहर का लॉ एण्ड आर्डर बिगड़ा हुआ है।"

"अरे विवेक साथ में है, कोई चिंता की बात नहीं।"

"चिंता की बात क्यों नहीं। आने दो विवेक को, मैं ठीक करूंगी।"

बाहर हल्की बूंदें पड़ रही थीं। गुलाबी सर्दी पड़ने लगी थी।

कार की हेडलाइट चमकी। दोनों लोग गेट के पास खड़े प्रतीक्षा कर रहे थे।

विवेक ड्राइविंग सीट पर था। उसने कहा, "उतरिये सामान लेकर, मैं गाड़ी गैरिज में खड़ी करके आता हूँ। मां बहुत गुस्सा होंगी। तुम्हें ही संभालना है। हमको बहुत देर हो गयी है।"

"ठीक है OK." कहकर वह कार से उतरी, सामान लेकर घर में प्रवेश करने लगी। मंगला ने डांटने की जगह प्यार से कहा, "इतनी देर कैसे लग गयी?"

जनक डांटने की मुद्रा में बोले, "कहा है कि हर हालत में पांच बजे घर आ जाओ।"

4

"पापा वह जमाना गया, घंटी बजी जब, लोग घर के अन्दर। अब आधुनिक युग है, घूमते हैं, टहलते हैं।"

"अरे जमाना बहुत खराब है।"

"काहे परेशान हो, भइया तो मेरे साथ थे।" इतने में विवेक भी आ गया। सब लोग आंगन से होकर ड्राइंग रूम में आ गये। जनक भी सोफे पर बैठ गया। ये लोग हाथ-मुंह धोने चले गये। मंगला किचन में चाय बनाने चली गयी। कहा, "चाय पियोगे या नहीं।"

"विवेक मेरे लिए कॉफी बनाना। सीता तू बोल! उसके लिये भी कॉफी बना लो। सब कॉफी पियेंगे।" उसने जनक के चरण स्पर्श किये तो जनक ने पीठ थपथपाते हुए आशीर्वाद दिया- यशस्वी भव: कीर्तिमान भव:।

स्वल्पाहार कॉफी के बीच इधर-उधर की बातें होती रहीं।

विवेक ने कश्मीर घाटी में घटित घटनाओं के बारे में बताया। कैसे हम लोग आंतकवादियों को नियंत्रित करते हैं। जो बातें बताईं वो हैरत में डालने वाली थीं। उसने कहा- सरकार के

समानान्तर आतंकवादियों की सरकार चलती है। उसने केन्द्र सरकार की नीतियों की आलोचना की। कश्मीर से विस्थापित कश्मीरी पंडितों की कहानी बतायी। सैनिक चाह कर भी कुछ नहीं कर सकते।

जनक ने कहा, "बेटा पता लगाओ कि सीता 3 घंटे कहाँ रहती है, कहाँ जाती है, क्या करती है। लड़की है कुछ ऊंच-नीच न हो जाये।"

"यह चिंता स्वाभाविक है परन्तु सीता साहसी है। हर विषम परिस्थिति का सामना कर सकती है।"

"ठीक है, परन्तु मुझे डर लगता है कि उसे कुछ न हो जाये।"

4

"आप चिंता न करें, मैं अभी एक माह रहूंगा। उसकी हर गतिविधि पर दृष्टि रखूंगा।" 3 घंटे कहां रहती है उसका पता लगाना था।

विवेक सीता से कहता- "मैं तुम्हें कॉलेज छोड़ दूंगा।" वह मना करती, "मैं कोई बच्ची हूँ।"

"अरे तू बच्ची नहीं, बच्ची की बच्ची है, तेरी जुबान कैंची की तरह चलती है।"

"अच्छा अपनी वर्दी का रोब मत झाड़ो। मेरी बात मानो।"

"अच्छा जब तुम चले जाओगे, उसके बाद कौन मुझे छोड़ने जायेगा? अब मैं दूधमुंही बच्ची नहीं हूँ।"

मंगला ने दोनों को दही-पेंड़ा खिलाया।

"जाओ तुम सीता को कॉलेज छोड़ देना।"

"मैं तो छोड़ दूंगा पर ये तो तैयार हो!"

मंगला ने सीता के सिर पर हाथ फेरा और कहा, तेरा बड़ा भाई तेरे भले की बात करता है।"

विवेक ने अपनी गाड़ी से सीता को कॉलेज छोड़ दिया। कहा, "मैं कितने बजे आ जाऊं तुम्हें लेने?"

"भाई साहब, मैं आ जाऊंगी। आपके आने की जरूरत नहीं। हो सकता है कुछ देर हो जाये। आज Extra Class है।"

"ठीक है, ध्यान रखना।"

विवेक मीलिट्री का आदमी था, स्पाई का काम कर चुका था। घर जाकर उसने अपना हुलिया बदला। जीन शर्ट पहनी, अपना लुक बदला।

सीता कॉलेज के बाद परमट में एक बंगले के अंदर चली गयी। बंगला काफी बड़े एरिया में बना था। मैदान के बाद एक बरामदा, उसके बाद कई कमरे। मैदान में एक तरफ जाली से छिपा क्षेत्रफल, जिसमें व्यायाम करने की सभी सामग्री। वहां पर प्रवेश सबको नहीं मिलता है।

सिक्योरिटी गार्ड का कक्ष गेट पर लगा है। सिक्योरिटी गार्ड बन्दूक-पिस्टल के साथ रहता है। सीता यहां पर आती है।

विवेक को संतोष हुआ कि सीता यहां आती है तो ठीक। यह बंगला रिटायर्ड ब्रिगेडियर आर. एन. सिंह का था। वह N.D.A., I.P.S तथा P.P.S. आदि सुरक्षा संस्थाओं की प्रवेश परीक्षा की तैयारी करवाते हैं। बड़ा ही कड़ा अनुशासन! यहां प्रवेश पाने के लिए विद्यार्थी को यहां की प्रवेश परीक्षा पास करनी पड़ती है। कोचिंग सेन्टर कई शिफ्टों में चलता है। यहां के निकले छात्र बड़े-बड़े पदों पर कार्यरत हैं।

सीता के यहां के प्रवेश की कहानी भी बड़ी अजीब है। लड़कियों का कॉलेज एम.जी. इंटर कॉलेज है। वहां पर कुछ लोफर टाइप के मनचले लड़के आये दिन लड़कियों को छेड़ा करते थे। वे लोग दबंगी टाइप के थे। उनका विरोध करने का कोई साहस नहीं कर सकता था। प्रिंसिपल ने पुलिस को शिकायत की। कोई सुनवाई नहीं होती।

एक दिन एम. जी. इंटर कॉलेज की एक छात्रा का काला दुपट्टा एक लड़के ने खींच लिया। उस लड़के के साथ तीन-चार हृष्ट-पुष्ट लड़के और थे। लड़कियों की संख्या चार-पांच थी। वह दुपट्टा हाथ में लेकर लहराने लगा। कुछ राहगीर जा रहे थे। किसी की हिम्मत नहीं पड़ी कि लड़कों की बदतमीज़ी रोक सके।

उसी समय कॉलेज से सीता लौट रही थी। उसके साथ एक सहेली थी। वैसे वो दूध वाले??? वाली रोड से घर जाती थी परन्तु उसे परेड से कुछ किताबें क्रय करनी थी। इसीलिये उसने एम. जी. इंटर कॉलेज की ओर से जाने का निश्चय किया। जब कॉलेज के पास पहुंची तो वहां का दृश्य देखा, तब क्या था... सीता पूरे एक्शन में आ गई और किताबें अपनी सहेली को दीं। वह लड़का बदतमीज़ी करते हुये दुपट्टा लहरा रहा था। सीता ने एक लड़की की साइकिल ली और तेजी से चलाती हुयी उस लड़के की दोनों टांगों के बीच साइकिल का अगला पहिया घुसेड़ दिया। उसे चोट लगी। वह संभला पर गिर गया। उससे दुपट्टा छीना, उसका हाथ मरोड़ा झटका दिया। उसका हाथ बेकार हो गया। साथ के लड़के उसके इशारे पर उसके बचाव में आ गये। उसने फुर्ती से चारों को धराशायी कर दिया। किसी का हाथ टूटा, किसी की टांग। यह लड़ाई 15 मिनट चली। सीता ने अकेले सबको मार गिराया।

इसका किसी ने वीडियो बनाया। वह ब्रिगेडियर सिंह का छात्र था। जब वीडियो बिग्रेडियर ने देखा तब से वह अपने कोचिंग में प्रवेश देने को इच्छुक हो गये। ये उसके प्रवेश की कहानी है।

ब्रिगेडियर साहब ने सीता को बुलाया और पूछा- “तुमने ट्रेनिंग कहां से ली?"

“सर, मैंने कोई ट्रेनिंग नहीं ली। मेरे मुहल्ले में झब्बूदादा रहते हैं। पहले वो आर्मी में थे। उन्होंने एक बार मुझे ऐसे ही गुंडों से लड़ते देखा। उन्होंने उनसे बचाया फिर मुझे पूरी ट्रेनिंग दी।”

“गुड!”

“अब मैं तुम्हें अपने कोचिंग सेन्टर में प्रवेश दूंगा। फार्म भर देना।” तबसे वहां प्रशिक्षण लेने जाती थी। सीता में विशेषता थी। एक बार में सीख लेती थी।

वंशानुगत चरित्र होता है जैसे माता-पिता पूर्वज होते हैं उनके गुण पुत्र-पौत्र में आते हैं। ऐसा विज्ञान कहता है, साथ में यह भी कहता है कि उसकी परवरिश तथा वातावरण भी उसकी जीवन शैली को बदलता है। यह भी कहावत है कि अपराधी जन्मजात नहीं होते हैं। वे बनते हैं। अपराध शास्त्र भी है। सीता एक रहस्यमय समय की पहेली है।

राजा जनक की सीता औरस पुत्री नहीं थी परन्तु उसे अपने प्राणों से अधिक चाहते थे। इसी प्रकार जनक पाण्डेय भी सीता को चाहता था। यह स्वैच्छिक था। जनक के जीवन का लक्ष्य ही सीता थी।

प्राचीन भारतीय मनीषा में सर्वकल्याण का भाव समाहित है। महासरस्वती सृजन की देवी, महाकाली महाविनाश की देवी। प्रकृति के अपने सार्वभौमिक सिद्धांत है जो शाश्वत है।

सीता की दैनिकचर्या तथा विवेक की दैनिकचर्या लगभग एक-सी है। प्रातः उठना, स्नान-ध्यान, व्यायाम, योग करना। स्वल्पाहार अभ्यास के दौरान सीता और विवेक आपस में कुश्ती करते थे। विवेक उसको शारीरिक प्रशिक्षण देता रहता था। दोनों में शारीरिक, मानसिक क्षमता भरपूर थी। उसके उपरान्त प्रार्थनाओं एवं संकल्पों का महत्त्व है। आत्मरक्षा एवं सेवा भाव ही इनका लक्ष्य था। इसे इन दोनों ने अपने जीवन में उतारा।

मंगला भी बहुत ही कठोर हृदय की मां थी। अनुशासन पसंद थी, प्यार से पोषण के साथ उन दोनों पर कहीं अनुचित कार्य न करें, सदैव दृष्टि रखती थी। वह भी जनक के सपनों में शामिल थी। जनक तथा मंगला ने मिलकर समाज का सामना किया। वे एक-दूसरे के पूरक थे।

विवेक ने यहां तक मालूम किया कि वह सुरक्षा विभाग के गुप्त कोष/सीक्रेट सेल में काम करती थी। राष्ट्रद्रोही अपराधियों की गतिविधि पर दृष्टि रखती थी। यह बात विवेक जानते हुये भी किसी को नहीं बता सकता।

कानपुर शहर अपराधियों का शहर माना जाता था। आये दिन खून-खराबा आम बात। पुलिस भी अपराधियों के पीछे खड़ी रहती। उसका भी रहस्य है। थाने बिकते हैं। एस.पी. को भी ऊपर से पैसा देना होता। एस.पी. को पोस्टिंग के लिये पैसे प्रतिमाह देने होते। थानेदार भी एस.पी. को देता है। एक चैनल है। ऐसे में अपराधियों का पुलिस बचाव करती।

ठीक यही स्थिति डी. एम. की है। उसकी भी प्रक्रिया तहसील लेखपाल से शुरू होती। रजिस्ट्री ऑफिस भी उगाही करते तथा उसका कुछ हिस्सा ADM को देना होता। यही स्थिति कई योजनाओं की है। उसमें भी अधिकारी-नेता बंदरबांट करते हैं।

पंडित जवाहरलाल नेहरू ने कहा- "कोई बताये, भ्रष्टाचार कहाँ है?" एक एम.पी. ने उत्तर दिया – "उसके मकान का नम्बर तो पता नहीं लेकिन संसद से लेकर थाने- ब्लॉक-तहसील तक भ्रष्टाचार व्याप्त है।"

जयगोविंदाचार्य ने कहा- "हम 20% भ्रष्टाचार देख सकते हैं जिसकी आम चर्चा है। लेकिन बड़े-बड़े देश-विदेश व्यापी घोटाले होते हैं जो अदृश्य होते हैं वो 80% होता है।" सीता के क्रांतिकारी भाषणों पर रोक लगा दी गयी।

पुलिस ने सीता को अपराध की श्रेणी में लाने के लिए बहुत प्रयास किये लेकिन असफल रहे।

एक एस.पी. ने एक विदेशी कम्पनी के हाथ गुप्त फोटोग्राफ बेच दिये। यह कार्य बड़े ही गुप्त रूप से हुआ लेकिन सीता ने पूरे स्टिंग ऑपरेशन के तहत सुरक्षा विभाग को सौंप दिया।

विवेक ने सरकार की नीतियों से असहमति व्यक्त की। सरकार ने कश्मीर में आर्मी के हाथ बांध रखे थे। इसीलिये वहां आतंकवादी संगठन हावी थे।

सीता के सीक्रेट जानते हुये विवेक किसी से कुछ नहीं कह सकता। मंगला, जनक सब पूछते। बस वह कह देता कोई खास बात नहीं। अब सब ठीक हो जायेगा।

तीन घंटे का रहस्य-रहस्य ही रह गया। गुप्तचर विभाग ही देश को बचाता है। विपत्तियों में आगाह करता है। वह कभी भी अपने सगों को भी सीक्रेट मिशन की बात नहीं बता सकता। राष्ट्र ही सब कुछ है।

आज हम सुरक्षित हैं तो इन्हीं सुरक्षा विभागों की वजह से।

सीता का जीवन एक कठोर तपस्या से होकर गुज़र रहा था। जनक, मंगला तथा पूरे परिवार की आर्थिक स्थिति काफी सुदृढ़ हो गयी। मकान भी ठीक हो गया। मकान में काफी परिवर्तन हो गया। अब करीब-करीब सभी कुछ था।

मां-बाप कौन ?

मां-बाप कौन हैं? यह प्रश्न जनक को खलता था। एकांत में खुले आकाश के नीचे सोचा करता। अधिकांश समय सीता की परवरिश तथा उसे उच्च शिखर तक पहुंचाने तथा उसके योग्य विद्वान सुहृदय धनवान कर्मनिष्ठ सुन्दर नवजवान पति की खोज में लगा रहता। यह स्वाभाविक है। वह सब कुछ त्याग चुका था लोभ-लालच तथा काम-वासना। पूरी तरह सीता पर केन्द्रित था। सीता को ट्रेन में जो युवती उसे सौंप गयी थी उसका सुन्दर आकर्षक मुख सदैव उसके मानस पटल पर बना रहता।

सीता की कॉलेज से शिकायतें आती रहतीं परन्तु जनक सीता के पक्ष में ही सदैव खड़ा रहता। कोई शिक्षा नहीं देता, कहता, "मेरी शिक्षा कभी कुछ गलत नहीं कर सकती।"

बात उन दिनों की है जब विद्यालय मूर्ति स्थापना का मूहूर्त निश्चित हुआ। उसका आयोजन था जिसका सीता ने जमकर विरोध किया। प्रबन्धतंत्र तथा महाविद्यालय का परिवार मूर्ति स्थापना में खड़ा था। एक सीता ही विरोध में थी। उसके एक प्रोफेसर तथा उसके साथी विरोध में थे।

प्राचार्य ने सीता को बुलाया और कहा कि तुम अपनी बात तर्कपूर्ण ढंग से रखो। उसके उपरान्त हम विचार करेंगे। हॉल में प्रबन्धतंत्र, महाविद्यालय परिवार के शिक्षक विद्यार्थीगण एकत्रित हुये। हॉल छोटा पड़ गया। बहुत पुलिसवाले बाहर खड़े हो गये। सुरक्षा की दृष्टि से पुलिस व्यवस्था थी।

सीता ने भाषण प्रारम्भ किया। सभी का अभिवादन करते हुये गुरु महिमा के विषय में आधा घण्टा अपना वक्तव्य दिया। उसके सम्मोहन में पूरी सभा आ गयी।

हम सभी आर्य हैं, जिस पर हमें गौरव है। पूरी सभा में सन्नाटा था। पिनड्रॉप साइलेन्स! निराकार के विषय कहा और कबीर दर्शन पर उतर आई। वेदों की ऋचायों का वाचन करते हुये अपने व्याख्यान को आगे बढ़ाया।

महाविद्यालय की स्थापना तथा संक्षिप्त इतिहास पर प्रकाश डाला।

स्वतन्त्र भारत के निर्माताओं तथा देश के सांस्कृतिक पुनरुत्थान में अग्रणी आर्य समाज के संस्थापक स्वामी दयानन्द सरस्वती का संकल्प था कि विद्या के विकास द्वारा मानव का शारीरिक, आत्मिक तथा सामाजिक उत्थान हो। परम्परा के अनुरूप महर्षि की स्मृति चिरस्थायी बनाने का प्रश्न सामने आया। उनके स्मरण का स्वरूप क्या हो, यह विचारणीय विषय था। अज्ञानता का

अन्त एवं ज्ञान का प्रसार उनका प्रमुख लक्ष्य रहा है। अस्तु स्वामी जी के अनुयायियों ने उनकी पवित्र स्मृति में शिक्षण संस्थाओं के निर्माण का निश्चय किया। पंजाब प्रांत इस कार्य में अग्रणी बना।

उत्तर भारत के मनीषी आर्य समाजियों ने इस पवित्र उद्देश्य की पूर्ति के निमित्त स्वामी जी की पुण्य स्मृति में दयानन्द एंग्लोवैदिक कॉलेज ट्रस्ट एण्ड मैनेजमेन्ट सोसाइटी उ.प्र. (वर्तमान दयानन्द शिक्षा संस्थान) की स्थापना सन् 1862 में की।

करतल ध्वनि से पूरी सभा मंडप में उपस्थित जन समूह ने स्वागत किया। गेंद सीता के पाले में गिरने लगी।

सर्वप्रथम सोसाइटी ने कानपुर तथा देहरादून में दो पाठशालाएं स्थापित कीं जो बाद में उच्चतर माध्यमिक विद्यालयों के रूप में विकसित हुईं। सोसाइटी के प्रथम प्रधान श्री आनन्द स्वरूप जी, मंत्री श्री ज्वाला प्रसाद तथा उपमन्त्री श्री बृजेन्द्र स्वरूप जी एवं कानपुर के अन्य विशिष्ट महानुभावों के प्रयास से सन् 1919 में डी.ए.वी. कॉलेज में विद्यार्थियों की संख्या अधिक होने एवं सन् 1953 में तत्कालीन डी.ए.वी. सोसाइटी के प्रधान वीरेन्द्र स्वरूप जी की कार्य कुशलता एवं नीति निपुणता से सोसाइटी ने कानपुर में दयानन्द विधि महाविद्यालय, दयानन्द महिला प्रशिक्षण महाविद्यालय, डी.बी.एस. कॉलेज तथा महाविद्यालय की स्थापना की जो अब पूर्ण रूप से विकसित महाविद्यालय है।

प्राचार्य ने बीच में टोकते हुये कहा कि अभी तक मूर्ति स्थापना के विरोध में नहीं कहा।

'माननीय प्राचार्य मैं नतमस्तक हूँ। मेरे लिये आप सभी गुरुजन ईश्वर के तुल्य हैं। अब यह कहना चाहूंगी कि इस महाविद्यालय की मूल आत्मा आर्य समाज के सिद्धान्त हैं।"

आर्य समाज के दस नियम हैं-

1. सब सत्य विद्या और जो पदार्थ विद्या से जाने जाते हैं उन सबका आदि मूल परमेश्वर है, जिसका मुख्य नाम ओउम ही है, अन्य नहीं।
2. ईश्वर सच्चिदानन्द स्वरूप, निराकार, सर्वशक्तिमान, न्यायकारी, दयालु, अनन्त, निर्विकार, अनादि, अनुपम, सर्वाधार, सर्वेश्वर, सर्वव्यापक, सर्वान्तरयामी, अजर, अमर, अभय, नित्य पवित्र और सृष्टिकर्त्ता है। उसी की उपासना करने योग्य है।
3. वेद सब सत्य विद्याओं की पुस्तक है। वेद को पढ़ना, पढ़ाना और सुनना, सब आर्यो का परमधर्म है।
4. सत्य के ग्रहण करने और असत्य के छोड़ने में सर्वदा उद्यत रहना चाहिए।
5. सब काम धर्मानुसार अर्थात सत्य और असत्य को विचार कर करना चाहिए।
6. संसार का उपकार करना, आर्य समाज का मुख्य उद्देश्य है अर्थात शारीरिक, आत्मिक और सामाजिक उन्नति करना।
7. सबसे प्रीतिपूर्वक धर्मानुसार यथायोग्य बर्ताव करना चाहिये।
8. अविद्या का नाश और विद्या की वृद्धि करनी चाहिये।

9. प्रत्येक को अपनी ही उन्नति में सन्तुष्ट नहीं रहना चाहिये किन्तु सबकी उन्नति में अपनी उन्नति समझनी चाहिये।

10. सब मनुष्यों को सामाजिक सर्वहितकारी नियम पालन में परतंत्र रहना चाहिए और प्रत्येक हितकारी नियम में सब स्वतन्त्र रहें।

सभा में उपस्थित लोगों ने प्रशंसा की। कुछ ने उसे पागल कहा, 'व्यर्थ समय नष्ट कर रही है।'

मुस्लिम समुदाय के उपस्थित विद्यार्थियों ने एक ईश्वरवाद का समर्थन किया। ये अगर कुरान के समर्थन में कुछ बोलती तो अच्छा होता। इस्लाम में मूर्तिपूजा वर्जित है।

सीता ने लगभग सभी धर्मों की मूल आत्मा में निहित सर्वहित की भावना को ही महत्व दिया है परन्तु कतिपय लोग अपनी श्रेष्ठता तथा निजी स्वार्थ के लिये सर्वधर्म समभाव को नकारते हैं।

तू ज्ञान हिन्दुओं, ईमान मुस्लिमों में

विश्वास क्रिश्चियन में तू सत्य है सृजन में

क्षमा-उद्घोष किया जब दयानन्द सरस्वती ने मूर्तिपूजा को कोई स्थान नहीं दिया इसलिये मैं मूर्ति स्थापना का विरोध करती हूँ। यह महाविद्यालय विश्व का सबसे अच्छा श्रेष्ठ महाविद्यालय है, इस पर अन्य क्षेत्र से आये लोगों ने विरोध किया।

सीता ने सबसे पूछा, "विश्व में सबसे अच्छा श्रेष्ठ देश कौन सा है?"

सबने कहा, 'भारतवर्ष!'

करतल ध्वनि से लोगों ने स्वागत किया।

फिर कहा

"भारत में सबसे अधिक जनसंख्या का प्रदेश?"

'उत्तर प्रदेश' - फिर तालियां बजीं। सीता पर पूरी सभा मन्त्रमुग्ध थी। सारे विद्यार्थी उसके पक्ष में थे। फिर कहा 'उत्तर प्रदेश में पावन गंगा के तट पर बसा एशिया का मेनचेस्टर कहा जाने वाला, शहीदों का नगर कौन सा है?'

आवाज़ गूंजी - 'कानपुर'

पूरी सभा सम्मोहित हो चुकी थी।

फिर कहा, "कानपुर में सबसे अच्छा महाविद्यालय कौन सा है?"

सबने एक साथ कहा, "हमारा डी.ए.वी. कॉलेज।" इस बार विद्यार्थीगण खड़े होकर ताली बजाने लगे। पूरी सभा ऊर्जा से भर गयी। बड़ा ही उत्साहपूर्ण वातावरण। अब सीता अपने समर्थन में काफी कुछ कह चुकी थी। अंत में क्या कहेगी।

प्रबन्ध तंत्र, शिक्षक समुदाय प्रसन्न था पर मूर्ति स्थापित किस प्रकार हो पर विचार कर रहा था।

अंत में उसने कहा, "I am kid before you, again he said I myself your harvest." इस पर शिक्षकों ने ताली बजाई। साधुवाद! प्रबन्ध तंत्र को अच्छा नहीं लगा। वो नाराज से दिखने लगे।

अब अंतिम पायदान पर सीता खड़ी थी। “मैं मूर्ति स्थापना का विरोध करती हूँ। परन्तु मैं अपने श्रेष्ठ महान आचार्यों का हृदय से सम्मान करती हूँ जिनकी गोद में पली हूँ। मुझे सदैव आशीर्वाद दिया। मेरी समझ में अवश्य कोई कमी रही होगी जिसके कारण गूढ़ रहस्य को समझ नहीं पायी।”

आचार्यों के चरण में सर्वस्व समर्पित करते हुये विनम्र निवेदन करती हूँ जो गुरुजन करेंगे उसे स्वीकार करती हूँ। मूर्ति स्थापना का निर्णय जो लिया गया है गुरुदेव के चरणों में प्रणाम कर स्वीकार करती हूँ। मुझे क्षमा करें जो मैंने यह घृष्टा की।

सब आचार्यचकित हो गये। सीता ने अपनी हार मान ली। पत्रकारों ने अनेक प्रश्न किये। अंत में उसने कहा- मैं दूधमुंही बच्ची... ये आचार्य विशाल अनुभवों के धनी हैं। मेरा उद्देश्य है आशीर्वाद लेना, सीखना, समझना कि मूर्तिपूजा का क्या मनोविज्ञान है?

भारत देश की परम्परा है- गुरु को परमात्मा के समकक्ष रखना।

सीता स्वयं विश्वविख्यात हो गयी। सीता के नाम से महाविद्यालय जाना जाने लगा।

महान महाविद्यालय ने एक से एक बढ़कर शिक्षा शास्त्री, शिक्षकों, विद्यार्थियों को गढ़ा है। उनमें एक सीता भी अनेक लोग - इन्जीनियर, डॉक्टर, व्यापारी, अफसर तथा यहां तक देश के प्रधान मंत्री और राष्ट्रपति हुये।

ऐसे महाविद्यालय के परोक्ष रूप से अप्रत्यक्ष रूप से जुड़े रहे सभी लोगों को प्रणाम।

इतिहास के गर्भ में छिपा इतिहास आने वाली पीढ़ी को नयी दिशा देगा। अपना भारत फिर विश्वगुरु बनेगा।

सभी लोकप्रिय पत्र-पत्रिकाओं ने समाचार प्रकाशित किया।

सीता को प्रशस्त-पत्र सम्मान मिला। बात फैली, सीता के पोषिता जनक पाण्डेय है। इसके माता-पिता कौन हैं? क्या वह नाजायज औलाद है या जनक पाण्डेय का पाप है? या इसे मंगला ने जना है? अनाथालय से??? कोई बच्चा रही होंगी। तरह-तरह की शंकायें होने लगीं। चर्चायें तेज़ होने लगीं तो इन चर्चाओं से सीता बहुत आहत हुई और उसने अपने पिता (पोषित) जनक पाण्डेय से अपने जन्म के विषय में पूछने का साहस बटोरा कि एकांत में शांत वातावरण में वह उससे अपने जन्म की कथा जानना चाहेगी।

यह ध्रुव सत्य है कि जनक सीता को अपने प्राणों से अधिक चाहता है। उसने अपने जीवन के सभी सुख त्याग कर काम-वासनाओं पर विराम लगाया। जनक पाण्डेय राजा जनक की तरह राजा तो नहीं था फिर भी आर्थिक तंगी होते हुये भी सीता की प्रत्येक इच्छा का सम्मान करता। पूर्ति हेतु अपनी पूरी क्षमता से निष्ठा के साथ पूजा की तरह कार्य करता। उसके जीवन का एक ही ध्येय था कि सीता को दुनिया का हर सुख प्रदान कर सके।

यह भी सत्य है जिस दिन से सीता जनक को मिली, उसका जीवन धन्य हो गया। व्यक्ति को सुख -आनंद, भौतिक वस्तुयें दोनों एक साथ नहीं मिल सकतीं। इसके लिये उसे आत्मा की गहराइयों में जाना होता है। सीता उसकी बेटी, बहिन, माता तीनों थी। उसने बेटी का प्यार, बहिन का स्नेह तथा माता मातृत्व भाव दिया। वह जनक के खाने-पीने से लेकर वेशभूषा तथा खानपान का ध्यान रखती थी।

ऐसा प्रतीत होता था कि विधाता ने पिता-पुत्री को विरोध, सोच में डालकर विश्व को संदेश देने तथा नारी पूजन का विधान रचा है।

अनेक कथायें हैं यौवन के नशे में सन्तान को जन्म दिया। उसके बाद उसका कैसे पालन-पोषण होगा इस पर विचार नहीं किया। लोक समाज के कारण सन्तान को निष्ठुर बना कर छोड़ दिया।

हर युग में ऐसी कथायें मिलती हैं। केवल उदाहरण देने का साहस कर रहा हूँ। महाभारत काल के महान व्यक्ति ज्ञानी-ध्यानी लेखक ने अपनी काम पिपासा शांत करने के लिये मत्स कन्या से सम्भोग / सहवास का आनंद उठाया। उसके पश्चात उसकी सन्तान ने अपने पौरुष से इतिहास में स्थान बनाया और अपनी मां की आज्ञा का सहर्ष पालन किया। दूसरा उदाहरण चक्रवर्ती सम्राट दशरथ लेखक की प्रेमिका का है उन्होंने अपनी पुत्री शांता को जन्म दिया।

महारानी कुंती ने कर्ण को जन्म तो दिया परन्तु उसका पालन-पोषण अन्यत्र हुआ।

आज भी समाज में घटनायें इस तरह की घटित हो रही हैं।

कतिपय कारणों से कृष्ण का पालन-पोषण अन्यत्र हुआ परन्तु इसे उनके

मां-बाप दोषमुक्त हैं क्योंकि उनकी विवशता थी। ठीक इसी तरह हजरत मूसा यहूदी धर्म के प्रवर्तक का भी पालन-पोषण अन्यत्र हुआ। उन्होंने बादशाह फिरौन का वध किया जैसे कृष्ण ने कंस का वध किया। दैवीय शक्तियां समय-समय पर पाप, अधर्म, दुराचार तथा आतंकवाद की वृद्धि को रोकने, मिटाने के लिये धरती पर आती हैं। वे अपने माता-पिता के नाम से नहीं, पोषिता मां-बाप के नाम से जाने जाते हैं।

जनक की मनोस्थिति पर विचार करें तो वह किसी भी कीमत पर सीता को खोना नहीं चाहता है। वह स्वयं ही नहीं जानता था उसके मां-बाप कौन हैं?

उसे वह दिन याद आया जिस दिन उसने सीता को पाया। उसकी मां के सौन्दर्य को देखकर उसमें डूब गया। उसकी गोद में बच्ची को देखा तो वात्सल्य रस में खो गया। राजा जनक की तरह सीता को वरदान मानने लगा। जिस घर में पुत्री का जन्म होता है, उस घर में साक्षात लक्ष्मी का प्रवेश हो जाता है। यह अटल सत्य है परन्तु उसको प्यार लाड़-दुलार नहीं मिलता। आज पूरे समाज में, पूरे देश में, पूरे विश्व में महिलाओं के प्रति अपराध बढ़े हैं।

वैदिक काल में स्त्रियों का सम्मान होता था। कन्याओं के पूजन का विधान रहा। जहां नारी की पूजा होती है वहां देवता निवास करते हैं।

भारत में नारी को जो सम्मानपूर्ण स्थान मिला है, वैसा संसार में अन्यत्र नहीं है। भारत में नारी आरम्भ से ही आदर्श उत्कृष्टता की प्रतिमूर्ति मानी जाती है।

हड़प्पा संस्कृति में नारी की पूजा होती थी। अर्द्धनारीश्वर की कल्पना इस तथ्य का प्रतीक है कि नारी-पुरुष समान हैं। कोई भी धार्मिक अनुष्ठान अथवा सामाजिक दायित्व पत्नी के बिना पूर्ण नहीं हो सकता है। वैदिक युग में न पर्दा था न सती प्रथा थी। पुत्र के अभाव में पुत्री पिता की सम्पत्ति की अधिकारी होती थी।

मानवीय स्वभाव है कि वह जाने मेरे माता-पिता कौन हैं? पूर्वज कौन हैं? जिस पर हम गर्व कर सकें। जनक पाण्डेय तथा सीता के मध्य द्वन्द्वात्मक मनोभाव पृष्ठभूमि पर चलने लगा। वे दोनों एक-दूसरे से अलग होने की कल्पना से सिहर जाते। शाश्वत सत्य है। एक दिन सभी को स्वयं अकेले यात्रा करनी पड़ती है।

जनक पाण्डेय के पास सीता की शिकायतें आतीं पर उसके मन में विश्वास था कि मेरी बेटी कभी कुछ गलत नहीं कर सकती।

देश में क्या, दुनिया में भ्रष्टाचार बढ़ चुका था। राष्ट्रप्रेमी दिखावे में थे, वास्तव में राष्ट्रद्रोही हैं।

जिस देश में सुरक्षा विभाग में भ्रष्टाचार बढ़ जाता है, सुरक्षा बलों का मनोबल गिराया जाता है, ईमानदार अधिकारी दंडित किये जाते हैं, भ्रष्ट अधिकारी पुरस्कृत किये जाते हैं, राजनेता धन -लोलुपता के साथ काम-पिपासु हो जाते हैं, देश की संस्कृति का पराभव होने लगता है, तब समझो देश का पराभव निकट है लेकिन ऐसी विषम परिस्थितियों में झांसी की रानी, सुभाषचन्द्र जैसी विभूतियां जन्म लेती हैं। आज भी हमारे बीच ऐसी प्रतिभायें हैं, जो किसी रूप में जीवित हैं। इसलिये हम सुरक्षित हैं।

यदा यदा हि धर्मस्य ग्लानिर्भवति भारतं।

अम्युत्थानमधर्मस्य तदात्मानं सृजाकयहम।

परित्राणाय साधूनां विनाशय व दुष्कृताम।

धर्मसंस्थापनार्थय सम्मवामि युगे युगे।

गीता अध्याय 4 श्लोक 7, 8

ये सूत्र है जो अकाट्य है। किसी देश को नष्ट करना है तो उसकी संस्कृति तथा सभ्यता को समाप्त कर दो। राष्ट्र स्वयंमेव नष्ट हो जायेगा।

सीता के माता-पिता कौन हैं? कैसे हैं? कहाँ हैं अनेक प्रश्न मंच पर आने लगे। इधर सीता की ख्याति दिन-प्रतिदिन बढ़ रही थी। इतना अकेले सीता तो कर ही नहीं सकती थी। उसे बड़ी घटनाओं की कैसे सूचना मिल जाती थी। उसने कॉलेज का नाम ही रौशन नहीं किया बल्कि नगर और प्रदेश का नाम रौशन किया।

कानपुर में हिन्दू-मुस्लिम दंगा हुआ। कैसे हुआ? यह ज्ञात नहीं। दंगे प्रकार के होते हैं- एक सुनियोजित तथा दूसरा अकस्मात।

दो

हिन्दू सहिष्णु होता है, मुस्लिम कट्टर। दंगे में हिन्दू कमजोर पड़ रहे हैं। मुस्लिम भारी पड़ रहे थे। पुलिस अधिकारियों को समझ में कुछ नहीं आ रहा था। मुस्लिम आक्रामक होकर आगे बढ़ रहे थे। बड़े जाति के लोग घर में दुबके थे।

सीता स्वयं अपने ग्रुप के साथ बम बना कर फेंकने लगी। तब मुस्लिम समुदाय में हाहाकार मच गया। वे पीछे हटे और उसने खटिक जाति के लोगों से परामर्श करके हिन्दुओं को बचाया। इसमें कई लोग धार्मिक उन्माद में भर गये। उल्टा सीता को पुलिस आरोपित करने लगी।

पुलिस अधीक्षक को फोन आया कि तुम साले हरामी, इसी लड़की के कारण जिन्दा हो। समझे या नहीं? और इससे पहले कि तुम्हारे साथ कोई बड़ी घटना हो, सम्भल कर काम करें। यह सिद्ध हो गया कि सीता को कहीं से संरक्षण मिल रहा था।

बाद में ज्ञात हुआ एस. पी. के लड़के का अपहरण करके एक गिरोह ब्लैकमेल करना चाहता था।

सीता सदैव लेफ्टीनेंट विवेक से कुछ नहीं छिपाती थी बल्कि उससे परामर्श करती रहती थी। सुरक्षा एजेंसियों की जान-माल का खतरा सदा बना रहता।

जनक सीता को लेकर प्राय: चिंतित रहता। जनक की आर्थिक स्थिति पहिले से बहुत अच्छी हो गयी थी।

कई साल पहिले सीता बीमार हो गयी। उसके इलाज के लिये जनक के पास पैसे नहीं थे। इलाज महंगा था। बेचने के लिये अंगूठी तथा एक गिन्नी तथा चांदी के सिक्के थे। उसने सब बेच दिये। फिर भी पैसे कम पड़ रहे थे। कोई कर्ज देने को तैयार नहीं था। अचानक उसके मित्र ने जनक से कोचिंग में पढ़ाने के लिये कहा। जनक ने कहा, "मैं अवश्य पढ़ाऊंगा। मेरी एक शर्त है।"

"वह क्या?"

"एक साल का एडवांस।"

"बस इतनी सी बात, मैं दो वर्ष का एडवांस देता हूँ।"

सीता का इलाज हुआ। वह पुन: स्वस्थ हो गयी।

सीता के माता-पिता कौन हैं? यह एक रहस्य था, एक पहेली भी। इसमें दो मत नहीं हो सकते। उसके माता-पिता बहुत उच्च कोटि के वीर-धीर धनवान के साथ लोक लज्जा वाले रहे होंगे। इसलिये सीता को उसकी मां ने त्याग दिया होगा। अवश्य उसे पछतावा होता होगा।

सीता ने जनक के इलाज के लिये विवश होकर आतंकी संगठन से समझौता किया। संयोग से ब्रिगेडियर सिंह ने उसे मुक्त कराया।

भूखे पेटों को देशभक्ति सिखाने वालों

भूख इन्सान को गद्दार बना देती है।

हमारे अद्रक्ष अपारदर्शक गोपालदास सक्सेना 'नीरज' की ये पंक्तियाँ हैं। कितनी सार्थक है?

ये पंक्तियां कितनी सार्थक हैं। भूखा व्यक्ति क्या नहीं करता है। सम्भवत: नक्सलवाद तथा आतंकवाद का जन्म भूख की कोख से हुआ होगा। शासन जब दु:शासन बन जाता है तब कोई क्रांतिवीर जन्म लेता है। गरीबी के कारण कतिपय महिलायें यौन-शोषण होने पर मौन हो जाती हैं।

उदार मन लेखक

समालोचक लेखक की मानसिक प्रवृत्तियों का विश्लेषण करने वाली सामाजिक चेतना तथा बाह्य परिस्थितियों के साथ-साथ रचनाकार के मनोजगत की परीक्षा भी करता चलेगा और देखेगा कि यह सब कब उसकी रचना पर कहाँ, कैसे दिखाई पड़ता है।

इतना तो है कि लेखक मानवीय संवेदनाओं के साथ वर्तमान में फैली विसंगतियों को शब्दों के माध्यम से व्यक्त करता है।

लेखक उस तह तक जाता है। क्यों, कैसे घटित होने के पीछे कारण क्या है? कुछ ऐसे भी लेखक हैं, जो राजनैतिक शीर्ष पदों पर भी रहे, जैसे माननीय अटल बिहारी वाजपेयी, सम्पूर्णानंद, सरोजनी नायडू, महात्मा गांधी, राजगोपालाचार्य, पंडित नेहरू, डॉ. राधाकृष्णन् आदि।

लेखक प्राय: परिस्थितिजन्य होते हैं। वाल्मीकि की रचना करुणा से प्रस्फुति हुई।

विश्वविख्यात लेखक प्रतिष्ठालब्ध अनजान जी हैं जो अपने स्वभाव से पहचाने जाते हैं। ईश्वर ने उनको सब कुछ दिया- भरा-पूरा परिवार, मान-सम्मान, धन-धान्य।

वह अलग फ्लैट में अकेले रहते थे। अवकाश में कभी वो परिवार से मिलने जाते कभी परिवार मिलने आता है। उनका खर्च करने का तरीका व्यवस्थित नहीं है न कभी रहा है। पुस्तक क्रय करना, सेमीनार, गोष्ठी करना, भोज कराना, दान-दक्षिणा देना उनके स्वभाव में है।

पत्रकारों ने पूछा, "तुम्हारे इस सफल लेखन की प्रेरणा कौन है?" उसने मुस्कराते हुए कहा - "प्रेरणा तो उसी की है परन्तु वह मुझे भौतिक रूप से नहीं मिली पर मेरा उसकी आत्मा से सम्बन्ध है। हर पल यही कहता हूँ भगवान उसको दुनिया का हर सुख देना, आनंद देना, इसके अलावा और क्या?"

सितम्बर का माह था। दिन के 11 बजे थे। आकाश बादलों से आच्छादित था। बूंदा-बांदी हो रही थी। बड़ा सुहाना मौसम था। अनजान जी बैंक से पैसे निकालने के लिये गये। बैंक के सभी अधिकारी-कर्मचारी बड़ा आदर करते।

इसके दो कारण थे, एक ख्याति प्राप्त लेखक, दूसरा उदार मन। प्राय: जब भी बैंक आते सभी चाय तथा स्वल्पाहार कराते। विभिन्न अवसरों पर उपहार देना उनके स्वभाव में था।

लेखन में वह मानवीय संवेदनाओं के साथ समस्या तथा समाधान पर प्रकाश डालते थे। उनकी एक पुस्तक बाजार में आयी 'अंक की जादूगरी' जिसमें उन्होंने बैंकों तथा फाइनेंस कम्पनियों की पोल खोली। कैसे बैंक दिवालिया घोषित होते हैं। कैसे फ्रॉड होते हैं उनमें। बैंक अधिकारियों से लेकर बड़े-बड़े राजनेताओं तथा पूंजीपतियों का हाथ रहता है। उन्होंने इसी पुस्तक में एक जगह लिखा- 'यह कैसी विडम्बना है जो भ्रष्टाचार का जन्मदाता है, वही भ्रष्टाचार उन्मूलन कमेटी का चेयरमैन है।' इस पर उन्हें शासन के कोप भाजन बनना पड़ा।

लेखकों का उत्पीड़न होता है इसमें दो मत नहीं। कभी सरकारें करती हैं, कभी प्रकाशक तथा अन्य संस्थायें। लेखक की दो श्रेणी होती हैं- एक यशोगान शासन सत्ता का करते हैं, दूसरे देश-समाज तथा विश्व में घटित होने वाली घटनाओं को यथावत चित्रित करते हैं।

बैंक के Payment Counter पर खड़े होकर उन्होंने 25, 000/- रुपये प्राप्त किये। वह प्राय: नोटों की गणना नहीं करते थे। घर जाकर गिनते थे। यह उनका स्वभाव था। एक बार एक नोट अधिक आ गया। इस तरह अधिक Payment प्राप्त हो गयी। उसे उन्होंने बैंक को वापस किया। मस्तमौला टाइप स्वभाव था।

रुपये 25, 000/- हाथ में लेकर रख रहे थे कि एक लड़का गोरा सुन्दर सा उम्र लगभग बारह साल, झप्पटा मारकर रुपये लेकर भागने लगा। तभी उन्होंने कहा- "अरे सुनो बेटा!" वह भागते-भागते बैंक का गेट पार कर गया। अनजान जी ने शीघ्रता से चलने का प्रयास किया कि उसे पकड़ें परन्तु वह सफल नहीं हुये।

भागते समय गश्ती पुलिस ने पकड़ लिया और बैंक ले आई और उसको बहुत मारा। रुपये अनजान को देते हुए कहा, "सर, आप शिकायत इसकी लिख कर दें। मैं इसको ठीक कर दूंगा। चोर साले।" कई थप्पड़ गाल पर जड़े।

पुलिस की सतर्कता को देखकर उसका धन्यवाद किया। पुलिसमैन को 100/- का नोट दिया और कहा- "रख लो तुम्हारा पुरस्कार।" ना-ना करके रख लिया। पुलिस विभाग में आज भी अच्छे लोग हैं। कहा, "मैं एस. पी. से तुम्हारी कर्त्तव्यनिष्ठा की प्रशंसा करूंगा।"

"सर, इसको मैं कोतवाली ले जा रहा हूँ।"

"नहीं! इसको मेरे पास छोड़ दो।"

"सर!"

"नहीं ठीक है। मैं इससे बात करूंगा। उसके बाद क्या करना है निर्णय लूंगा।" यह समाचार बैंक में आस-पास फैल गया। और लोग भी आ गये।

वह बालक आंखों में आंसू भरकर रो रहा था। अनजान जी ने सिर पर हाथ फेरा, पानी पीने को दिया, चाय बिस्कुट का आर्डर दिया, कहा- "मैंने तुम्हें कुछ कहा? क्यों फिर रो रहे हो?"

"सच-सच बताओ तुमने क्यों ऐसा किया?" वह बच्चा पानी पीकर शांत हुआ। सोचने लगा अब मुझे ये जेल भेजकर मानेगा परन्तु ऐसा कुछ नहीं हुआ बल्कि उल्टा प्यार मिल रहा

है। वह अचानक पैरों पर गिर पड़ा। फूट-फूट कर रोने लगा। जब शांत हुआ अनजान जी के आदेशात्मक स्वर सुनकर बिस्कुट ग्रहण किये और चाय पीकर उसे अच्छा लगा। जब सामान्य हुआ तब उसने अपनी कहानी बतलाना प्रारम्भ की।

"सर, मेरी मां अस्पताल में भर्ती है। उसके इलाज के लिये पैसे नहीं थे। इसलिये मैंने ऐसा किया। मुझे माफ कर दो।"

"कोई बात नहीं, अब बताओ किस अस्पताल में है, कहाँ है? मैं चलूंगा।"

"नहीं सर, मेरी मां मुझे इस काम के लिये मारेगी, कोसेगी।"

"तुम इसकी चिंता न करो, मैं तुम्हारा अब शुभचिंतक हूँ।"

इस बीच पुलिस इन्स्पेक्टर आ गया। अनजान जी से बात करने लगा। कहा- "आप जैसे लोग अपराध को बढ़ावा देते हैं। एक शब्द आगे और नहीं।"

64

पुलिस क्या करती, कैसे करती, मुझसे बेहतर कोई नहीं जानता। गरीबी एक अभिशाप है। अगर इसने चोरी की इसके पीछे पूरा समाज दोषी है।

सरकारी अस्पताल कहने को नि:शुल्क है परन्तु उसके पीछे लूट-खसोट है। निर्बल व्यक्ति अपना मुफ्त में इलाज नहीं करा सकता। रही बात पुलिस की, तो थाने बिकते हैं। एस.पी. पोस्टिंग के लिये पैसे देने पड़ते हैं नहीं तो पी. ए. सी में भेज देते। डी.एम. ने किश्त नहीं दी। सचिवालय क्लर्क का काम देते हैं। ऐसे ही राजनीति में भी है। वहाँ एक विधायक जी सांसद भी आ गये।

अनजान जी ने कहा, "राजनीति में भी निष्ठावान व्यक्तियों को कोई सम्मान नहीं, पद नहीं, कार्यकर्त्ता बने रहो। ऐसा भी मैंने ईमानदार नेता देखा, मरते वक्त उसके घर कफन के लिये पैसे नहीं थे।" कुछ लोग वहां पर आपस में बात करने लगे- ये मेन्टली सिक हैं। हमें क्या? इस लड़के के साथ क्या करें?

इसी बीच बैंक मैनेजर ने अपने केबिन में बुलाया।

अनजान जी उस बालक को लेकर चले गये। कक्ष एयरकन्डीशन्ड था। मैनेजर ने आदर भाव व्यक्त किया- "सर, मुझे अच्छा लगा आप आये।" चाय बिस्कुट मंगवायी। पुन: पीनी पड़ी। अब वह बालक बिल्कुल सामान्य हो गया।

अपनी मां के पास जाने को आतुर हुआ। अनजान जी ने चपरासी से कहा, "मेरी गाड़ी आ गई हो तो बतलाना।" उसने सिर हिलाया और बाहर चला गया। थोड़ी देर बाद आया, कहा - "सर, गाड़ी आ गयी।"

मैनेजर से वार्ता की और बताया कि कैसे बड़े पूंजीपतियों का कर्ज राइट ऑफ करती है बैंकिंग प्रणाली तथा साइबर क्राइम की चर्चा की।

मैनेजर ने पूछा- “इस समय आपका कौन - सा नया उपन्यास मार्किट में आ रहा है।” उन्होंने कहा, “लेखक की प्रेमिका!”

“शीर्षक आपका बहुत ही आकर्षक है। उपन्यास भी अच्छा होगा।”

“अच्छा होगा या बुरा होगा, पाठकों के बीच में कितना प्रसिद्ध हो, इससे मुझे कोई लेना-देना नहीं पर मुझे आत्म -तुष्टि होगी।” हाथ मिलाया और उस बालक को लेकर बाहर आये।

बाहर आते समय गेटमैन को सलाम किया। कई परिचित लोग अभिवादन करने लगे। उस लड़के ने सोचा यह कोई साधारण व्यक्ति नहीं हो सकता। इससे मुझे ईश्वर ने मिलवाया है। कार में बैठे अनजान लड़के के कहे अनुसार अस्पताल की ओर चल पड़े।

दोपहर का लगभाग 1 बज रहा था। सूरज सिर पर होने के बावजूद मौसम खुशनुमा हो गया था। कार अस्पताल के कैम्पस में पहुंच गयी। ड्राइवर ने कहा - “सर, आप गेट पर उतर जाइये। मैं कार पार्क करके आता हूँ।”

अनजान जी और वह बालक उतरा। उसने अपना नाम लव बताया। मां का नाम सीता बताया। अनजान जी के शरीर में एक तरह की तरंग सी दौड़ गयी और कुछ अच्छा सा अनुभव किया।

बालक उंगली पकड़ कर अनजान जी को जनरल वार्ड में ले गया, जहां उसकी मां लेटी हुयी थी। आज से 15 साल पहिले जितनी सुन्दर थी, उतनी अब नहीं थी लेकिन प्रेमी की दृष्टि में वह अब भी उतनी ही सुन्दर लग रही थी, जितनी पहले थी। सौन्दर्य मन का बोध होता है, जो प्रसन्नता देता है, आनंद देता है।

उसको अस्पताल में प्रवेश (भर्ती) नहीं करने दिया गया। उसका कारण फीस काउंटर पर फीस न जमा कर पाना था।

"अरे!”

सीता हॉल में ज़मीन पर लेटी थी। कोई पूछने वाला नहीं था। वह भूखी भी थी। उसकी समझ में कुछ नहीं आ रहा था। उसने लव को कुछ पैसे दिये थे जो पर्याप्त नहीं थे। उसने अनजान जी को अपनी मां के सामने लाकर खड़ा कर दिया। एक सांस में सारी घटना संक्षिप्त में कह डाली। उसने कहा, “दुष्ट, क्या इसीलिये तुझे जन्मा था।” वह अनजान जी को देख नहीं पा रही थी और न ही अनजान जी उसे। बीच में एक महिला भी आकर खड़ी हो गयी थी। सभी को कुछ जानकारी दे रही थी।

अनजान जी ने जैसे ही सीता को देखा और सीता ने उन्हें देखा, वे 18 वर्ष पूर्व में चले गये। सारी लौकिक मर्यादायें तोड़कर एक-दूसरे से लिपट गये। मेरी प्यारी सीता! उसने गहरी सांस लेते हुये कहा, “तुमको कहां-कहां नहीं ढूंढा। मेरे बेटे का गुनाह माफ कर दो।”

“अरे पगली उसने तो पुरस्कार पाने का काम किया है। आज से तेरे सारे दु:ख मेरे, मेरा हर सुख तेरा।” स्थिति बदल गयी। अस्पताल के ड्यूटी डॉक्टर मेहता ने देखा और कहा- “सर! आप कैसे हैं?”

अनजान जी एक मिनट के लिये समाधि में हो गये थे। जैसे जीवन की सबसे बेशकीमती निधि मिल गयी हो। प्रवेश फार्म लेकर भरा। कुछ देर बाद डीलेक्स रूम 14 एलॉट हो गया। उसके बाद टेस्ट लिखे गये।

अनजान जी ने एडवांस पैसे जमा कर दिये। उसके टेस्ट में ट्यूमर पेट में है की रिपोर्ट आई। अब सब सामान्य हो गया। वह बालक भी चकित था। वह अच्छा अनुभव करने लगा। अब भोजन - पानी की सारी व्यवस्था हो गयी।

रात के सात बज गये। सीता को पांच हजार रुपये दिये, कहा- "लो। अब मैं चलूंगा। तुम मुझे फोन करना।"

उसने कहा- "क्या थोड़ी देर और नहीं रुकोगे।" उसका गला रुंध गया। "नहीं सीता, तुम्हें इस हालत में नहीं देख सकता। तुमने अपने बारे में नहीं बताया।"

"पहिले तुम बताओ। एक रईस बाप की बेटी रईस पति के घर से यहां तक कैसे पहुंचीं?"

उसकी आंखों से आंसू झर रहे थे। लव समझ गया कि वह मेरी माँ का बेस्ट फ्रेंड है।

भगवान कब-किस मोड़ पर लाकर खड़ा कर देता है यह वही जानता है। सृष्टि प्रलय की कथा भी वही लिखता है।

स्त्री विमर्श पर उपन्यास 'युग सीता' अनजान जी का था। जिसमें प्राचीन काल से आज तक सीता की अग्नि परीक्षा की कहानी समाहित है।

उसने कहा - "तुम मेरा यह उपन्यास पढ़ना बताना तुम्हें कैसा लगा!" लव भी थक गया था परन्तु अब वह बहुत खुश था। सीता में पुनः आत्मविश्वास लौटा।

अस्पताल को एक लाख रुपये तुरन्त दान किये। अस्पताल प्रबन्धक ने धन्यवाद के साथ सीता को विशेष सुविधा देने का निर्णय किया।

उस रात वह लव को गोद में लेकर बहुत रोई। लव से कहा, "बेटा, तूअपने बाप जैसा नहीं, अनजान जी सा बनना।" माथा चूमा।

"मां, उन्होंने मेरा जीवन ही बदल दिया। मैं उनके प्रति कृतज्ञता का भाव व्यक्त करता हूँ। हम नर्क से स्वर्ग में आ गये।"

मित्र वह है जो समय पर काम आये।

Friends are tested at the time of adversity.

बेटा, आज सम्बन्धों की मर्यादायें टूट गयी हैं। पैसे के पीछे अन्धी दौड़ का परिणाम Blind race after wealth. भौतिकतावादी युग है। मैं भी पैसे की चकाचौंध में खो गई। मैंने अनजान जी को कई बार पैसे के घमण्ड में अपमानित किया। उसने अपमान का हर घूंट पिया परन्तु सदैव अमृत ही दिया। उसकी स्वर्ग को भूमि पर उतारने की अभिलाषा पूरी हो, मेरी यही कामना है।

बेटे ने कहा कि मां क्या तुम अनजान जी के नाम का सिन्दूर मांग में भरोगी? मुझे ऐसा बाप

चाहिये जिसने मुझे जन्म न दिया हो पर पिता का फर्ज निभा दिया हो। मां-बेटे रात के 1 बजे तक जागते रहे। उसके सारे दु:ख-पीड़ा छू मन्तर हो गये। सुख - आनंद की अनुभूति होने लगी। दोनों आपस में लिपट कर कब सो गये। कब नींद आ गयी उन्हें कुछ ध्यान नहीं। प्रात:काल नर्स आई और सीता को देखा। सीता दैनिक प्रात: कार्यक्रम से निवृत होकर कुर्सी पर बैठी। लव भी नहा-धोकर फ्रैश हो गया। टेबल पर नाश्ता आ गया। चाय के साथ में 1 ब्रेड मक्खन लगा खाया। उसने उस समय अनजान जी की कमी महसूस की।

सीता बहुत ही सुन्दर रही है। दूधिया रंग, बड़ी-बड़ी आंखें, उठी नासिका, मूंगे की तरह होंठ, गुलाबी गाल, होंठों के नीचे काला तिल जो उसके सौन्दर्य को और निखार रहा था। भौंहें धनुषाकार भौंहें ऐसी जो कामदेव की रति को आमंत्रित कर रही हों। कितना भी सौन्दर्य ढला हो पर आज भी बहुत कुछ शेष है। अनजान जी क्या, कोई भी इस सुन्दरता पर रीझ सकता था। सम्भवत: विश्वामित्र भी मेनका के सौन्दर्य में खो गये। अपनी मर्यादा का उल्लंघन कर बैठे। शकन्तुला का जन्म हुआ। उसका पालन-पोषण कण्व ऋषि ने किया। आज भी सब कुछ वैसा ही है।

आज वर्तमान में भी वैसी ही सरकारी व्यवस्था है, काम - पिपासा की पूर्ति के लिये अनाथालय है। अनेक संसाधन मनुष्य जुटाता है जिसका कारण यौन सुख की प्राप्ति ही है। सामाजिक मान्यता छिन्न-भिन्न हो जाती है। विवाह संस्था जीवन का व्याकरण है।

'लिविंग विद द रिलेशन' संस्कृति ने महानगरों में जन्म लिया। इसी तरह मुस्लिम धर्म ने मुतह विवाह को स्वीकृति दी। कहीं-कहीं वेश्याओं को भी मान्यता दी गयी। रूप बदलते गये Sex Workers के संगठन भारत में ही नहीं बल्कि पूरे विश्व में तैयार हो गये।

मुस्लिम देशों में यौन अपराध दण्ड बहुत भयानक है। अपराध यदा-कदा होते दर्शित हुये परन्तु दूसरी ओर अमीर लोगों ने चार पत्नियों के नाम पर इस्लाम धर्म की धज्जियां उड़ा दीं। धर्म, समाज, दुनिया की मर्यादायें भी होती हैं परन्तु आज क्या हो रहा है, कुछ भी छिपा नहीं है, जितना धार्मिक दिखाई पड़ता है उतना ही व्यभिचारी।

अनजान लेखक होने के नाते अपने लेखन का विषय चयनित करता और यथार्थ को प्रकाश में लाने का प्रयास करता। अनजान जी ने कहा, "मैं भी इन्सान हूँ, फरिश्ता नहीं इसीलिये मुझसे भी गलतियां हुयी हैं।"

समय बीता। सीता का ट्यूमर ऑपरेशन हुआ। वह बिल्कुल ठीक हो गयी। लव स्कूल जाने लगा। अनजान जी को सुखानुभूति हुई। मन को संतोष हुआ कि मैंने अच्छा काम किया। उसकी प्रेमिका मिल गयी। उसके जीवन का लक्ष्य कभी उसको पाना था परन्तु परिस्थितियों ने ऐसे मोड़ पर खड़ा कर दिया कि वह चाह कर भी शारीरिक सम्बन्ध नहीं बना सकता था।

सीता ने कहा, "तुम अपनी आत्मकथा सुनाओ।"

"नहीं पहिले तुम।"

"नहीं पहिले तुम।"

नहीं-नहीं, हाँ-हाँ में काफी समय बीता। अनजान जी ने कहा - "हम उसी मंदिर में जाकर बैठेंगे जहाँ वर्षों पहिले मिले थे, वहीं घास के मैदान में बैठकर अपनी कहानी कहेंगे।"

"लव को भी साथ लाना।"

"क्यों ?"

"वह बहुत प्यारा बच्चा है ?"

"लेकिन....."

"लेकिन क्या ? अब हमें सामाजिक मर्यादाओं को ध्यान में रखना है, कहीं हमारा प्यार दूषित न हो जाये।"

अनजान जी का व्यक्तित्व बहुत ही आकर्षक, हाइट पांच फिट नौ इन्च, चौड़ी छाती, कसे हुये भुजदण्ड, गेहुँआ रंग तथा चमकता हुआ चेहरा था।

उसका एक बेटा, एक बेटी और पत्नी है। सब सैटल और सुखी। अनजान प्रतिमाह अपने परिवार को 10, 000/- रुपये देता तथा वह अलग फ्लैट में ऋषियों की तरह रहता। एडवोकेट होने के नाते अपने आपको टिपटॉप रखता। ईश्वर की बड़ी कृपा बस पत्नी से मतभेद। उसका कारण केवल उसका अपव्यय। वह प्रतिमाह दान करता था। मंदिरों में की भोजन व्यवस्था करता। पत्नी सेवा में थी इसलिये कोई आर्थिक कठिनाई नहीं होती।

निश्चित समय पर राधाकृष्ण के मंदिर में सीता लव के साथ आयी। प्रसाद चढ़ाने तथा पूजा-पाठ के बाद घास पर चादर बिछाकर बैठ गयी। लव को पैसे दिये, जा जो चाहे खा-पी ले। वह खुश होकर चला गया।

अनजान जी आये। उन्होंने एक खूबसूरत लिफाफा दिया और कहा, "फुरसत से पढ़ लेना।" ठीक इसी प्रकार सीता ने भी एक लिफाफा दिया, कहा - "तुम भी पढ़ लेना।"

70

"तुम में अपनापन है, आपस में दूरी का कारण सामाजिक व्यवस्थायें भी होती हैं।"

"राधाकृष्ण, हीर रांझा, रोमियो जूलियट, शिरी फरहाद आदि, काल के गाल में समा गये।"

"लेकिन आज भी उनकी कथायें कही जाती हैं।"

इतने में लव आया और वो दोनों मंदिर से गन्तव्य स्थान को चले गये।

सीता में आत्मविश्वास लौटा। सशक्त हो गयी। आज वह हर परिस्थिति से संघर्ष करने को तैयार थी।

सीता ने घर लौटने के बाद भोजन लव को कराया और स्वयं किया। फिर जब लव सो गया तब रात्रि के 12 बज चुके थे। टेबल लैम्प की रोशनी में अनजान जी का पत्र पढ़ने लगी।

मेरी प्यारी सीता!

तुमको कितना चाहने लगा था। यह बात बतला नहीं सकता क्योंकि शब्दों की अपनी सीमा होती है। लेखक प्रेम में पागल सा हो गया।

राम कथाओं में आता है। विश्व का सबसे बड़ा लेखक भगवान शंकर हैं। वह अपनी पत्नी से बहुत प्रेम करते हैं परन्तु शिवानी ने राम की परीक्षा लेकर जो किया, उन्होंने सीता का रूप बनाया। शिव जी ने उस समय मां का स्थान उन्हें दिया।

राजा दक्ष के यहां मां का अपमान न सह पाना यक्ष अग्नि कुंड में शिव का प्रवेश करना। अग्नि बैताल का कालरूप हाहाकार। शंकर जी मां का शव लेकर भ्रमण करने लगे। विक्षिप्त हो गये। वही विक्षिप्त अवस्था मेरी हो गयी थी। मैं आत्महत्या करने का निर्णय ले चुका था।

विद्वानों का कथन है शिव जी ने सभी रोगों को दूर करने के लिये रामकथा लिखना प्रारम्भ किया। काकभुसंड जी ने रामकथा कही, वहीं पर वास हुआ और रामकथा शांति मिल सब कुछ शांत हुआ और फिर पार्वती जी जगत जननी से विवाह हुआ।

मायापति की माया वही जानें। यही एक सत्य है। हम ईश्वर के हाथ के खिलौने हैं। वो जैसा चाहता है वैसे नचाता है।

उमादारू जोषित की नाई

सबै नचावतराम गो साई।

अचानक रात के 11 बजे वो ऊपर बने पुल से कूदने की सोच रहा था। चारों ओर वातावरण में अंधेरा था। एक सन्नाटा था। किसी चिड़िया की बोली सुनायी पड़ रही थी। मैंने उस दिशा में ध्यान लगाया किस ओर से आवाज़ आ रही है। तब तक क्या देखा कि एक युवती नदी में छलांग लगाने जा रही है। न जाने बिजली सी कौंधी कब उसके पास पहुंचा। उसको कूदने से रोक लिया। वह बच गयी और रोने लगी।

सवारी बस की हेडलाइट उसके चेहरे पर पड़ी। मैंने पहचान लिया। वही क्लासमेट जो B.Sc. में थी। उसका नाम था सीता।

मैं अपने-आपको भूल चुका था। उसके जीवन में प्रवेश करने की इच्छा हो गई। उसने बताया यार तुम मेरे अच्छे दोस्त रहे हो। मैं अब तुमसे कुछ नहीं छिपाऊंगी। मेरे पति ने मुझे वेश्यावृति में ढकेल दिया। मेरी एक बच्ची है। उसकी हालत नहीं देखी जाती। वह बीमार है। इलाज के लिये पैसे नहीं हैं। अनजान ने अपनी आदत के अनुसार कहा, "तुम्हारा दोस्त 2/3 दुनिया खरीद सकता है। सब ठीक कर दूंगा।" इस बात से सीता में आत्मविश्वास जागा। वह उसे लेकर घर गयी। अनजान का एक मित्र अमर सिंह था जो बड़ा डॉक्टर बन गया था। उसने उस बच्ची का इलाज करवाया। संयोग ऐसा हुआ डॉ.अमर सिंह के क्लीनिक में उसे नर्स का काम मिल गया। सीता को शरण मिल गयी।

मैं पूर्व स्थिति में लौट गया। उस सीता के कारण मैं तुम्हें भूल - सा गया। उसी की प्रेरणा से मुझे जॉब मिली। फिर मैं वकालत प्रोफेशन में आ गया। मेरा विवाह हुआ बच्चे हुये। हाँ, एक

बात बता दूँ। जैन धर्म की शिक्षा लेने के बाद नाथ पंथ की शिक्षा ली। अब मैं अपनी वासनाओं को नियंत्रण कर सकता हूँ। उस बालक लव में तुम्हारी छवि दिखी और मैं अपनी प्रवृत्तियों के कारण एक फिर उपकार करने की दृष्टि से चल पड़ा। मुझे क्या पता था कि तुम मिल जाओगी।

तुमसे मेरा आत्मीय सम्बन्ध ही रहेगा। मैं तुमसे शारीरिक सम्बन्ध नहीं बना सकता। यह बात इसलिये कह रहा हूँ क्योंकि मैं अब दूसरे के मन की बात जान सकता हूँ। बहुत कठोर साधना के बाद अपनी इन्द्रियों पर नियंत्रण कर पाया। मैं अब आपको माता के रूप में देखता हूँ।

प्रिय आत्म अनजान जी

मधुर मिलन!

मैंने तुम्हारी कथा पढ़ी। अच्छा लगा। तुम्हारा मेरे प्रति जो भाव है उसकी सराहना करती हूँ लेकिन मैं अभी शारीरिक स्तर तक ज्ञान रखती हूँ और मुझे लगता है आप बहुत आगे निकल गये। मैं विश्वास दिलाती हूँ तुम्हारी साधना में मैं कभी बाधा नहीं बनूंगी।

मैं रईस बाप की बिगड़ैल बेटी। मुझे लोगों का अपने अहंकार की तुष्टि के लिये अपमानित करना अच्छा लगता था। क्लब जाना, ड्रिंक करना, मुझ पर पूरी तरह पश्चिमी सभ्यता हावी थी। भारतीय संस्कृति भूल चुकी थी। मेरे पिता ने मेरा विवाह एक बदचलन, अय्याश धनी व्यापारी से कराया। विवाह बहुत ही शानो-शौकत के साथ हुआ। एक साल तक सब ठीक चला। अचानक मेरे पति तथा ससुराल वालों में बदलाव आया। वो दहेज की मांग मेरे माध्यम से करते। मैं अपने पिता से लेकर देती। धीरे-धीरे समय बीता। मेरे पिता का देहांत हो गया। भाईयों ने कोई सहायता नहीं की और उल्टे मुझे आरोपित करने लगे। मैंने विवाह की वजह से पढ़ाई भी अधूरी छोड़ दी थी। यह संयोग था, खेल में मैंने एक डिप्लोमा कोर्स कर लिया था जो मेरे काम आया। ससुराल वालों ने लव के साथ घर से निकाल दिया और मैं गेम्स टीचर हो गयी। वहीं स्कूल के पास में रहने को जगह मिल गयी। तुम्हारी याद आती थी। मेरा ध्यान लव पर था। अचानक मेरी तबियत बिगड़ी। मैं अस्पताल में आयी और कुछ पैसे देकर लव को प्रवेश पर्चा बनवाने भेजा। फिर क्या हुआ याद नहीं। मैंने देखा तुम मेरे सामने खड़े थे। मुझे उस क्षण लगा, मुझे सब कुछ मिल गया।

-तुम्हारी अभागिन सीता

उत्तर में अनजान ने लिखा-

तुम दुनिया की सबसे भाग्यवान हो। तुम दुर्गा हो, काली हो, कल्याणी राजदुलारी। उठो, पूरे देश-दुनिया को जगाओ और कहा-

'स्त्री सृजन, पालन और विनाश कर सकती है। मैं आर्थिक सहयोग में 10, 000/- देता हूँ।'

अनजान जी की सहायता से अपने पति तथा पिता की सम्पत्तियों में हिस्सा पाया। Cr.P.C 125 के तहत गुज़ारा भत्ता ले सकती हूँ। तुम पति के नाम पर कलंक हो। तेरे कर्मों के कारण यह स्थिति पैदा हुयी है।

फिर कहा जब-जब सनातनी संस्कृति का ह्रास होगा, तब-तब समाज टूटेगा। पी. एन. भगवती

उच्चतम न्यायालय पूर्व मुख्य न्यायाधीश ने लोक अदालत तथा सरकार को समझौता रीति चला कर देश को एक नयी दिशा दी परन्तु ये दुष्ट आत्मायें कभी नहीं सुधरेंगी।

पैनल ने कहा - "तुमने जो कहा अच्छा लगा। और क्या कहना चाहोगी?"

"कानून हर समस्या का हल नहीं है। सामाजिक चेतना का जागरण आवश्यक है। औरत वस्तु नहीं है जो दुनिया परोस रही है। वह घर की शोभा है, न्याय की देवी है, सुरक्षा बल में कवच है।"

सबने करतल ध्वनि से स्वागत किया। जय हो सीता की।

हिंसा से परे प्रबुद्ध समाज की खोज

वर्तमान समय में हिंसा की घटनाएं गांव से लेकर राजधानी तक, छोटे देश से विकसित राष्ट्र तक। यहां तक कभी हिंसा का प्रयोग अनावश्यक रूप से सरकार भी करती है। हिंसा को परिभाषित करना बड़ा कठिन है।

कश्मीर में आतंक का तांडव चल रहा था। सुरक्षा बलों के हाथ भारत सरकार ने बांध रखे थे। आये दिन आतंकी घटनायें हो रही थीं।

कैप्टन विवेक ने कश्मीर में पदभार संभालकर समाज और एक ऐसी व्यवस्था दी, जो सरकार को भी नहीं मालूम। उसने एक संगठन से तालमेल करके उसे नाकाम कर दिया। वह आतंकी संगठनों को मिटा तो नहीं पाया पर आतंक कुछ समय के लिये रुक गया। यह अच्छी खबर थी परन्तु भारत सरकार ने पुरस्कृत करने के स्थान पर उसे सिक्किम भेज दिया, जहाँ माइनस में तापमान रहता है। क्यों स्थानान्तरण किया गया यह ज्ञात नहीं। कश्मीर के प्रभावशाली लोगों के प्रभाव में किया गया। आर्मी के लोग कश्मीरी परिवार के साथ अच्छा व्यवहार नहीं करते हैं। लॉ एण्ड आर्डर को सुधारने के लिये जो लेखक वर्ग सरकार के पक्ष में यशोगान करता, सुरक्षा विभाग सुरक्षा का प्रयास करता परन्तु राजनैतिक लोग माहौल बिगाड़ देते हैं। दृष्टिगोचर हो तो दूसरी ओर नग्न सत्य लिखने वाले कारागार में होते हैं। यह हर देश में होता है।

सियाचीन जहां जरूरत से ज्यादा ठंड पड़ती है, वहां जो आवश्यक सामग्री भेजी जानी चाहिए, नहीं भेजी जाती। इसलिए कैप्टन विवेक ने जब सीता के माध्यम से कम्पलेंट की। भारत सरकार रक्षा मंत्री वहाँ गये देखा तो दंग रह गये। शिकायत शत-प्रतिशत सत्य थी। वहाँ जाकर जांच की और उन्होंने पूछा क्यों मांग की गई (इन्टरनेट) भेजा। उत्तर मिला- कई बार। ठीक है। तुरंत आवश्यक सामग्री भिजवायी गई। सामग्रियों के अभाव में सैनिक वहाँ रहते थे जिससे कई पकार की उन्हें शारीरिक बीमारियां भी हो गयीं।

कैप्टन विवेक का वहाँ से भी स्थानान्तरण किया गया।

सुरक्षा बलों के कारण देश सुरक्षित रहता है। इस बात पर भी चिंतन आवश्यक है। रक्षा बजट पर सरकार को विशेष ध्यान देना चाहिए और सुरक्षा बल में सच्चे ईमानदार अधिकारी होने चाहिए। देश सुरक्षित होता है, तो राष्ट्रगौरव बढ़ता है और विश्व में वह अपना स्थान बना पाता है।

जीवन का लक्ष्य शांति होता है न कि युद्ध परन्तु कभी-कभी शांति स्थापना के लिये युद्ध की अनिवार्यता होती है। समयकाल के अनुसार ही निर्णय लेने होते हैं।

कुंती,

साहित्यकार युद्ध करवा सकता है, युद्ध रोक भी सकता है। वेदों के बाद यदि ग्रन्थ आया तो वह है- 'महाभारत' जो वेदव्यास की रचना है। वह सर्वश्रेष्ठ लेखक रहे हैं। वेदव्यास ने जीवन के प्रत्येक पक्ष को स्पर्श किया है। महाभारत के माध्यम से बहुत कुछ कहा है। भीष्म पितामह, शान्तनु, पराशर ऋषि, मत्स कन्या, पाण्डू, धृतराष्ट्र, विदुर, कर्ण, अर्जुन, दुर्योधन, दु:शासन विकर्ण, गांधारी, कृष्ण बलराम, यशोदा, देवकी तथा सुभद्रा आदि ये चरित्र रहे हैं परन्तु वास्तव में ये मनुष्य की मनोवृत्तियाँ जिसको एक लेखक जीता है उसको कागज़ पर उतारने वाला, लिपिबद्ध करने वाला लेखक चाहिये। जब उसकी कोख से रचना जन्म लेती तब लोगों को दिशा का बोध कराती है। कुतुबनुमा की तरह मार्ग प्रशस्त का संकेत करती हैं। मूल में लेखक ही होता है, ये उसके मनोवृत्त प्रेम के कारण होती हैं।

प्रेम के दो स्वरूप होते हैं। पहला मांसल जो समय के साथ ढल जाता है। बचपन, यौवन तथा वृद्धा अवस्था सौन्दर्य अपना रूप बदलता है परन्तु आंतरिक सौन्दर्य सदैव शाश्वत होता है। यही बात नागार्जुन ने कही।

सत्य भी दो प्रकार के होते हैं - एक संवृत सत्य, दूसरा परमार्थ सत्य। संवृत सत्य दृष्टिगोचर होता है परन्तु परमार्थ सत्य अदृश्य रहता है।

कार्लमार्क्स भी एक लेखक था। उसकी भी प्रेमिका थी परन्तु उसके जीवन का लक्ष्य था गरीबी मिटाना। इसीलिये जब दास कैप्टन लिख रहा था घंटों पुस्तकालय में बैठा। उसी में श्वास की बीमारी हुई। वह दिवंगत हो गया।

लेखक के जीवन में कोई लक्ष्य अवश्य होता है। उसकी इच्छा बलवती होती है। वह कभी-कभी उसकी प्रेमिका के कारण भी होती है।

76

रावण, राम, कृष्ण लेखक की तरह स्वीकारे नहीं जाते हैं परन्तु इनका वाचन अधिक था। जैसे डॉ. नामवर सिंह, विश्वनाथ त्रिपाठी तथा नंददुलारे बाजपेयी। इनके पीछे कहीं न कहीं जाति प्रथा के प्रति अविश्वास समाज से प्रेम के आयाम को महत्त्व दिया जाता था।

धर्मानन्द कोसम्बी ने जातक कथा के आधार पर यह बतलाया कि वासुदेव कृष्ण जाति प्रथा को नहीं मानते थे। सिर्फ राजा की माता माम्वती चंडाली थी, तो भी कृष्ण ने अपनी 'रत्नराशि पर बिठला कर अपनी पटरानी बनाया' यह चरित्र बौद्धिकरण का प्रयास है।

अनाम के जातक (इसका भारतीय पाठ अप्राप्य है। तीसरी शब्दावली में फाइग-सडग लुई के द्वारा जो चीनी अनुवाद हुआ, वह उपलब्ध है) में राम पिता की आज्ञा से वन जाते हैं। प्रत्युत अपने मामा के द्वारा आक्रमण की तैयारियों की वार्ता सुनकर स्वयं राज्य छोड़कर वन जाते हैं।जिससे कि रक्तपात न हो। हिंसा से परे प्रबुद्ध समाज की खोज का उदाहरण है। इस जातक के अनुसार

राम ने बालि का भी वध नहीं किया। प्रत्युत राम शर सन्धान करते ही बालि बिना बाण खाए हुये भाग खड़ा हुआ। रामचरित का हिन्दू हृदयों पर जो प्रभाव था उसका शोषण बौद्ध, जैन, पंडितों ने किया, जिससे बौद्ध तथा जैन धर्म की महता बढ़े।

हिन्दू, हिन्दुत्व को अलग करके कांग्रेस के बड़े नेता अपने ढंग से हिन्दुत्व को परिभाषित करते हैं। उनकी समझ में हिन्दू वो है जो सहनशील हो, हर प्रकार की शारीरिक-मानसिक पीड़ा को सहन करे। विधर्मी अन्याय करता रहे, यही उनकी दृष्टि में हिन्दुत्व है।

परन्तु हिन्दुओं ने समयकाल के अनुसार अपने को बदला। अत्याचार और अन्याय के विरुद्ध बिगुल बजाया। सिख समुदाय ने हिन्दुत्व समाज की रक्षा की। वह हिन्दुओं में बड़ा हुआ। क्यों बड़ा भाई ब्रह्मचर्य का पालन करके विवाह नहीं करता था।

जैन धर्म, बौद्ध धर्म ने देश को नपुंसक बना दिया था जिससे विदेशी आक्रमण होने लगे। तब चाणक्य अवतरण हुआ। उसने देश को चन्द्रगुप्त मौर्य जैसा राजा दिया।

प्रश्न विनम्रता से कहूंगा कांग्रेस कैसा हिन्दू हो, को परिभाषित करने का कभी साहस नहीं कर सकती। क्षुद्र राजनैतिक मानसिकता के कारण इतिहास का सही अध्ययन नहीं करती। मैं कभी कांग्रेस के बड़े नेता से अमर राष्ट्रभक्त महान, लेखक रामधारी सिंह दिनकर नाम नहीं लेती। यह पीड़ा सीता की है।

सीता वह आग जिसने स्वर्ण लंका को जलाकर राख कर दिया। उसी सीता के मां-बाप कौन थे?

सीता के जन्म की कथा-

सीता मन्दोदरी के पेट से जन्मी थी किंतु ज्योतिषियों के यह कहने से वह बालिका आपका नाश करेगी, रावण ने उसे सोने के मंजूषा में बन्द करके दूर देश मिथिला में कहीं गढ़वा दिया।

यह स्थिति त्रेता में महिलाओं की है। आज गर्भ में पुत्री को मार देते हैं।

जब कोई राजनैतिक दल का नेता, दूसरे दल को जड़ से मिटाने का वक्तव्य देता है तो वह लोकतन्त्र की हत्या करता है क्योंकि लोकतन्त्र में विपक्ष का सशक्त होना अनिवार्य शर्त है। यदि नहीं, निरंकुश होकर हिटलर मुसोलिनी का शासन काल लाने का प्रयास। राम के नाम पर जितनी टिप्पणियां हुईं सब भ्रामक। केवल उसकी व्याख्या सीता ही कर सकती जिसको समाज देश-दुनिया सुनना नहीं चाहती। यदि सीता के राम को जिस दिन समझ लिया जायेगा। तब सीता राम सार्थक होगा।

जनक पाण्डेय का चिंतन था। कैसे अपनी सीता को सुरक्षित रखे और उसका विवाह राम से करवाये।

आज भी यही प्रश्न सीता को सालता है, मेरे मां-बाप कौन? वह आक्रोशित हो जाती है। केवल त्यागी शांति मूर्ति जनक को देखकर हिंसा से प्रबुद्ध समाज की खोज में लग जाती है।

सीता का उग्र रूप तब देखा गया जब लेखिका तारूदत्त के विषय में बोल रही थी। उसने

कहा - सनातन धर्मी नहीं विधर्मी है जो सच्ची लेखिका को इतना पीड़ित किया। उसका घर जला दिया। मारा पीटा और वह विवश होकर विदेश चली गयी और ईसाई धर्म अपनाया, धिक्कार है ऐसे धर्म को। उसके इस भाषण को नमक-मिर्ची लगाकर छापा गया। उसके लिये नर्कगामिनी शब्द का प्रयोग किया गया।

उसने कहा ज्ञान हिन्दुओं में, ईमान मुस्लिमों में, विश्वास क्रिश्चयन में, तू सत्य सृजन में।

किसी ने नहीं सुना।

निर्णय हुआ सीता को कभी किसी मंच पर नहीं बुलाया जाएगा।

अंतिम विजय

दहेज का रिवाज वैदिक युग में भी था किन्तु दहेज अक्सर वर पक्ष ही को देना पड़ता था। कतिपय अविवाहित नारियों को जीवन भर पिता के गृह में रहने के भी कुछ उदाहरण ऋग्वेद (2/17-7) में भी पाये जाते हैं। पुत्र के अभाव में पिता की सम्पत्ति का उत्तराधिकार पुत्री को प्राप्त था। पत्नी की हैसियत से भी पति की सम्पत्ति की उत्तराधिकारिणी होती थी। आपस्तम्ब धर्मसूत्र (2/29/3) में कहा गया कि पति की सम्पत्ति पर पत्नी का उत्तराधिकार पुत्री को प्राप्त होता था। आपस्तम्ब सूत्र (2/29/3) में कहा गया कि पति - पत्नी दोनों समान रूप से धनस्वामी हैं। नारियों के प्रति अन्याय न हो, वे शोक में न हो, न वे उदास होने पाएं। यह उपदेश मनुस्मृति में बार- बार दिया है।

शोचन्ति जामयो यत्र विनश्यत्याशु तत्कुलम, न शोचन्तिटा यचैता वर्धते तद्धि सर्वदा। जिस कुल में नारियां शोक मग्न रहती हैं उस कुल का शीघ्र ही विनाश हो जाता है। जिस कुल में नारियां शोकमग्न नहीं रहतीं, उस कुल की सर्वदा उन्नति होती है।

यत्र नार्यस्तु पूज्यन्ते रमन्ते तत्र देवता

यत्रैतास्तु न पूज्यन्ते सर्वास्त त्राफलाक्रिया

जहां नारी की पूजा होती है वहां देवता निवास करते हैं। जहां नारी की पूजा नहीं होती, वहां सारे कर्म व्यर्थ हैं।

संसार समुद्र में डूबते हुये नर का उद्धार नारी करती है।

जिस देश में सीता वित्तमंत्री होती है, वह देश समृद्धशाली होता है। सीता साक्षात लक्ष्मी का रूप है परन्तु कभी - कभी राक्षसों के विनाश के लिये रणचण्डी महाकाली बन जाती है जैसे सीता।

रावण जब सीता हरण करने आया था। उसी समय उसे भस्म कर देती परन्तु अपने ससुर दशरथ को वचन दे चुकी थी कि मैं अपनी शक्ति का प्रयोग नहीं करूंगी। यही उसकी मर्यादा थी। वह सम्पूर्ण ब्रह्माण्ड को क्षण मात्र में नष्ट कर सकती थी। इसीलिये राम से पहिले सीता का नाम लिया जाता है। सीता का नाम ही विजयश्री है। राम के वाम भाग में विराजती है राम विजय लक्ष्मी है।

दक्षिणे लक्ष्मणों यस्य बामैजलाकत्मज

पुरुतौ मारूवस्यत बन्दे रघुनाथाय

जनक पाण्डेय ने सीता का पुत्री के रूप में पालन-पोषण किया और धन्य हो गया। मंगला ने जनक का सान्निध्य पाकर सीता के साथ अपना परिवार सुदृढ़ करके समाज में स्थान बनाया। विवेक आर्मी ऑफिसर बना और अपने जीवन का लक्ष्य देश सेवा करते हुये राष्ट्र संवर्धन किया।

जनक सीता को समर्थवान बनाकर उसके माता-पिता की खोज में निकल पड़ा। साथ में राम की भी तलाश थी क्योंकि वह पिता का धर्म निर्वाह करना चाहता था।

जनक, मंगला और विवेक को सीता सौंपकर संन्यासी बन गया। अपनी जीवन-यात्रा सफलतापूर्वक प्राप्त कर ली और वह कहां गया? किसी को पता नहीं।

वह जब देश की प्रधान बनी तो कहा, 'जिस देश का राजा जनक है वहीं सीता सुरक्षित रह सकती है।'

सीता ने देश की सुरक्षा व्यवस्था इतनी सुदृढ़ कर दी। फिर लोग सोने की चिड़िया के साथ विश्वगुरु स्वीकारने लगे।

जनक कहाँ गया और सीता के मां-बाप कौन? प्रश्न छोड़ गया।

*****

www.ingramcontent.com/pod-product-compliance
Ingram Content Group UK Ltd.
Pitfield, Milton Keynes, MK11 3LW, UK
UKHW041822200726
13854UKWH00001BA/439